U0543163

夜行实录

床底的陌生人

徐浪 著

花城出版社
中国·广州

图书在版编目（CIP）数据

床底的陌生人 / 徐浪著. -- 广州：花城出版社，
2024.1（2024.3重印）
（夜行实录）
ISBN 978-7-5360-9713-1

Ⅰ. ①床… Ⅱ. ①徐… Ⅲ. ①推理小说－中国－当代
Ⅳ. ①I247.5

中国国家版本馆CIP数据核字(2023)第035614号

出 版 人：张　懿
统　　筹：王大宝
责任编辑：欧阳佳子
特约编辑：王大宝　大　魔　鞠老板
助理编辑：宋　悦　荆依澜
技术编辑：凌春梅
责任校对：袁君英　李道学
装帧设计：　　　　　四阿哥
封面插画：四阿哥

书　　名	床底的陌生人
	CHUANGDI DE MOSHENG REN
出版发行	花城出版社
	（广州市环市东路水荫路11号）
经　　销	全国新华书店
印　　刷	深圳市福圣印刷有限公司
	（深圳市龙华区龙华街道龙苑大道联华工业区）
开　　本	880毫米×1230毫米　32开
印　　张	9.375　1插页
字　　数	210,000字
版　　次	2024年1月第1版　2024年3月第2次印刷
定　　价	58.00元

如发现印装质量问题，请直接与印刷厂联系调换。
购书热线：020-37604658　37602954
花城出版社网站：http://www.fcph.com.cn

夜行者自述

大家好，我是徐浪，一个夜行者。

夜行者是个有点儿危险的职业，经常跟连环杀手、黑帮、人贩子等社会边缘的危险人群打交道，挖出独家新闻，然后卖掉赚钱。

你可能压根无法想象，但这些，就是我的工作。

做夜行者期间，我见多了奇怪的人和事，于是我把这些都写下来，除了供读者垂阅外，主要想指明危险所在，并提前发出警示，让看过的人在面临相似的危险处境时，知晓如何面对。

人面对未知的危险时，如闭眼夜行，所以这些故事我起名叫"夜行实录"。

不多说了，看故事吧。

目录 contents

01 有个女孩每天晚上挨家偷窥，
    看有没有人在家打孩子 /1

02 十八线明星被人偷拍了小视频，
    花50万找我帮忙追回 /17

03 别随便在饭店吃便宜猪肉，
    它可能吃过自己的同类，有传染病 /33

04 寻找无家可归的男孩：
    洗头房，焚尸炉和冰柜里的半截手掌 /49

05 疯狂粉丝的追星路：
    收集明星用过的物品，还给他们下药 /63

06 独居女孩不要随便出远门，
　　你家可能会住进几个陌生男人 /81

07 郊区有个专杀猫狗的火锅店，
　　来的客人都是"群众演员" /95

08 背后有人：
　　父亲去世一周后，女孩怀疑她爸在跟踪自己 /107

09 女孩独居一周后，
　　屋里总有个男的在和她说话 /119

10 卫生间总有异味和滴水声，
　　女孩竟然入住带摄像头的凶宅 /131

11 我和一个不认识的姑娘，
　　莫名其妙办了一场冥婚 /147

12 半夜有个不认识的年轻女孩一直敲门，
　　开还是不开？ /163

13 为了保住两个女明星的秘密，
　　五个小伙被送进了监狱 /179

14 为了帮大V找失踪女友，
　　我不得已看了26张男明星的裸照 /193

15 不要乱换手机号，
你可能登上男厕所小便池上方的广告 /211

16 我登录了三年前失踪女孩的QQ，
弹出一条死亡信息 /229

17 男儿当自强：
和那姑娘相亲之后，吓得我赶紧报警 /245

18 长租公寓爆雷后，
房东发现租房的女孩已经失踪了一个月 /259

19 有个小伙儿跟我撒谎，
我发现了他家邻居的秘密 /275

01

有个女孩每天晚上挨家偷窥，看有没有人在家打孩子

事件：盗窃团伙混入小区事件
时间：2020年2月20日
信息来源：无
支出：620元
收入：待售中
执行情况：完结

夜行实录：床底的陌生人

你害怕敲门声么？我怕，尤其是在毫无心理准备的情况下。比如说，凌晨两点一个人在家时，忽然有人敲门；没订外卖也没有快递时，忽然有敲门声；或者像前段时间一样，大多数人都不出门，街上空无一人，每个小区都是半封锁状态，在家自我隔离时，忽然响起敲门声。

我算是个比较胆大的人，但每次听到这种毫无预兆的敲门声，我都会心头一紧，不知道门后面是什么人，打开门等着我的是什么事。

上大学时，曾经被吓到过一次。大二暑假，我因为有点儿私事，没第一时间回家，整栋宿舍楼基本没人了，三楼只剩我和同宿舍的一个舍友，他当晚一直没回来，我就锁上寝室门，躺在床上玩手机了。晚上十一点，我忽然听见走廊里传来持续不断的、非常粗重的喘息声，就跟有人被割喉了似的，听得我贼紧张，不敢发出一点声音——但怕啥来啥，喘息声越来越近，最后在寝室门口停了下来。然后我就看见寝室的门被用力推了两下，没推开，接着传来"咣咣咣"的用力砸门的声音，我壮着胆子问了句是谁，没人答话，只有不断的喘息声和越来越重的敲门声。

我扫视了一圈，拿起寝室里的拖把用脚踹折，拿着拖把杆子开了门。门外是我的室友，他脸色苍白，一把推开我冲了进来，跑到他自己的床边，摸出一瓶喷雾，对着喉咙里狂喷——他哮喘犯了。因为他这次犯病，我不仅搭上自己的生活费，给寝室买了个新拖布，还从此对敲门声产生了心理阴影。

人最害怕的就是未知的东西，而预料之外的敲门声，就是未知。

其实比起那种有急事的大力敲门，我更害怕那种试探性、有节奏"哒哒哒"的敲门声，总感觉敲门的人有某种针对我的计划。这种敲门声真的有危险么？当然，这就是我接下来要讲的事。

2020年2月20日，我从长平关回到燕市的第十天，隔离期还没结束，一直憋在家，精神状态非常不好，平均每三天喝光一瓶七百毫升的轩尼诗，万宝路也从三天一包变成了两天三包。

当天下午三点，我正边上厕所边抽烟，忽然听到了"哒哒哒"的敲门声。

一开始我以为是楼上或隔壁的声音，因为刚才一直听见有人在打孩子，琢磨着是不是家长摔东西啥的了。再一个，也没想过疫情这么严重时，会有人来敲门。结果敲门声又响了一次，我打开水龙头把烟浇灭，扔进垃圾桶里，起身走到门口，问是谁。

门外是个姑娘的声音，说是楼下902房的，问我是不是在打孩子。我说没有，她说不好意思打扰了，转身就走了，然后我又听见她敲了隔壁邻居的门。

等重新上完厕所，我洗了手，好奇地打开手机里电子猫眼的App，打算看看刚才门外的姑娘长什么样。结果刚才录下的监控视频画面有一段时间是黑屏状态——如果不是我的电子猫眼坏了，就是有人堵住了它。

我盯着手机里的监控视频，过了十几秒，手机屏幕一亮，一个穿着帽衫戴口罩的人，后退出现在镜头里。她的手里拿着一个我调查别人时，经常使用的小工具——猫眼反窥镜，能够透过猫眼，看见屋里面的情况。幸亏我安装的是电子的，实心，她啥也没看见。但我有点紧张，不知道她偷窥屋里想干嘛——这事儿不太正常，我怀疑自己有危险。

面对犯罪行为时，正常人很难预防，因为对方针对如何对你实施犯罪这事儿，已经思考很久了，每个步骤都考虑得很清楚。要想避免出事儿，除了事事小心，最好能知道对方想干嘛。

如果一直这么待在家里，实在太被动，我决定出门看看。

我戴上口罩和用来吃麻辣小龙虾的一次性手套，准备就绪，刚开门，一张夹在春联上的名片就掉到了地上，我捡起来瞅了一眼，写的是白酒送酒上门，可以送进小区，上面还有个微信号。门上还贴了一张纸，说让去物业登记个人信息，并办理出入证。

我把名片揣进兜里，楼上楼下找了一圈，没找到刚才敲门的人，就坐电梯下到一楼，结果一出电梯就被绊倒了——电梯门口摆了个红白相间的锥形筒，上面写着暂停使用，我想着事儿没注意，差点没摔死。

门口有个穿工装的大哥，估计是修电梯的，要上来扶我，我赶紧制止他，说特殊时期，尽量别有肢体接触，他好，我也好。大哥让我先站起来再说，地上埋汰。我问他看没看见一个戴口罩和扣着帽衫的姑娘，大哥说："你问哪个？现在有一半人都这么穿，上上下下看见好几个了。"

走廊里一股酒精和消毒水混合的味儿，不适合久留，我和修电梯大哥聊了几句，没什么线索，就出门去物业办出入证。

到了物业，我问值班的大姐，最近小区里出什么事儿了么？大姐以为我问的是新冠，说："您就放心吧，咱小区一个没有。"她拿出一个统计本，问我哪单元哪户的，房子里住了几个人，检查了我的身份证后，在本上的门牌号后面写了我的姓名、身份证号和联系方式，给了我张出入证。

我扫了一眼统计本，发现了一件奇怪的事——我对门1004的邻居，也领了两张出入证。问题是，那屋根本就没有人，他家的钥匙，在我家里。

我对门住的是一对三十多岁的男女，河南的，不确定是夫妻还是情侣，为人非常热情，甚至有点过头了——几次碰见对门大哥时，他都找我喝酒，被我给拒绝了，但加了个微信。

大哥回老家过年前给我发微信，问我能不能给喂喂猫，我说我也回家过年，年三十当天走，初五返回燕市。他说："那你走得晚，钥匙先放你这儿，走之前你给喂食设备加点水和粮，都是自动喂食的，不耽误事儿。"我答应了，结果我回燕市后，他们老家封城了，两人一直没回来。我隔几天去给他家的蓝猫铲个屎，加点粮。年前疫情也没到办出入证的程度，那他家的出入证，是谁办的？

回到家，我查了一下门口的监控，除了物业和上门送酒的，还有我和那个敲了我家门的姑娘外，没有人在对门停留过。难道是那姑娘敲门，看哪家人在，哪家人不在，不在就冒用身份办个出入证，可她图啥呢？

晚上我给我的助手周庸打电话，聊了一下这事儿，他说："徐哥，是不是那姑娘喜欢收集卡片啊？"我让他滚，他问我口罩还够不够用，不够明天给我送点。我问他有多少，周庸说："嗨，燕市雾霾天多，之前嫌麻烦，买了10箱N95放家里了，没想到这时候用上了。给亲戚朋友送了一些，现在还有一百多个。"我说："成，那你给我拿十个吧，我这几天可能得频繁出门。"

第二天，周庸隔着小区栅栏，给了我三十个口罩，还想翻栅栏进来去我家待会儿，被我制止了。他说："没事儿徐哥，我不怕你有病。"我说："我怕你有。"

有了口罩，第二天我又出了门，发现检修电梯的大哥还在，聊了几句，又去物业问最近有没有和疫情无关的状况。值班换成了个大哥，说："还真有，小区里有住户发现，车后备箱里的酒和烟不见了。"

我琢磨了一下，是不是有人看谁不在家，借名义办出入证，然后进来偷不在家的人的车。感觉有点多此一举——既然能进来挨家敲门，肯定不缺出入证。而且知道哪户对应哪台车，肯定有物业提供的业主信息。但又有点想不明白，我决定从偷车的方法开始调查。

偷车有四种办法：1.暴力型：通过砸玻璃开车门偷东西，但这样警报会响，所以不太可能；2.汽车干扰器：趁车主锁车的时候，用干扰器屏蔽遥控器信号，让车锁不上，等车主离开后开门偷东西；3.用解码器碰运气：解码器里有很多种车型的开锁指令，犯罪分子给每个区域的车都发送一遍，看能不能有凑巧对上的；4.纯技术型：利用开锁工具开后备箱或者车门。

我跟值班大哥说自己是专门做汽车安全的，说不定对丢东西的人有帮助，问他能不能帮我联系失主。大哥帮我联系了一下，是隔壁楼的一个大姐，开的是台老款帕萨特，对方答应了。

我用自己的解码器检查了一下，发现打不开，问大姐最近开车出去么，大姐说没有，半个多月没动过车了，所以我断定用干扰器偷盗的可能性也不大。我又检查了一下后备箱钥匙孔，发现有非常明显的新划痕——应该是用开锁工具开时造成的。

这大冷天的，手没夏天灵活，开个锁不会太容易，需要时间，但现在正是小区内部检查最松的时候。所有的安保力量都在门口测体温，没有人巡逻，而且所有进入小区的人，都是用出入证进来的住户，没有生人，也不会考虑到会有盗窃、抢劫之类的风险——确实是盗窃的好时候。对方假借住户名义办出入证，就为了偷车？

我想半天没理明白，但只要抓到冒领出入证的人，就知道咋回事了。

那些被冒领的出入证在谁手里呢——之前有人塞到我门上的那张名片，卖酒的，上面写着能送到小区里。他手里肯定有出入证。

夜行实录：床底的陌生人

　　冒着被传染的风险，我挨个单元转了一圈，发现好几户人家的门上都有那张名片。我拿了一张，加了上面的微信，对方微信名叫酒哥。

　　通过验证后，我问他都有什么酒，酒哥说只有白的，茅台和二锅头什么的，五瓶起送。我说行，来五瓶红星二锅头，让他送到我住的小区×号楼二单元1004——我的对门，酒放门口就行，送到给我拍张照，钱我微信转他。酒哥说行，20块一瓶。

　　我在单元门口晃荡，看了会儿他的朋友圈，都是卖酒的信息。二十多分钟后，一个大哥拎着个大兜子进了单元，没过一会儿，我收到了他发来的图片。一兜子酒摆在我的对门——刚才进单元的大哥就是酒哥。

　　我转了100块钱给他，在门口等着他下楼，然后远远地跟在他身后。酒哥没出小区，左拐右拐，进了4号楼一单元。我趁他进门的时候，快跑了两步，在单元门口听见关门的声音。进了单元，有一股酒精和消毒水儿混合的味儿，贼恶心，而且不知道为啥，这单元的酒精味儿比我住的那栋还重。

　　检查了一下电梯，没有人上下楼，但又看见那天修电梯的大哥，守在一个电梯前，正摘了口罩抽烟。我说："你都修到4号楼了，空气里酒精浓度这么高还抽烟，别把楼点着了。"他说没事，我又和他闲扯了两句，问刚才有没有人上电梯，他说没有。

　　酒哥应该就住在一楼的某一户，他之所以能在小区里送货，应该是因为就住在这。

　　为了验证这事儿，我让周庸加酒哥微信，让他问旁边的一个小区能不能送货上门，酒哥说送不了，得自己下楼取。看来冒领出入证的事和他没关系，我本来打算转头走了，但又想到一个事儿。

这个酒哥挨家挨户发名片，有没有可能看见了到处敲门的那个姑娘？于是我又给他发微信，说再来五瓶二锅头，打算等他从家出来，装成物业的人拦着问问。

过了五分钟，戴着口罩的酒哥，从走廊最右侧的门出来，又拎着一个兜子。他开门的时候，一股浓烈的酒味儿从屋里传出来，把整个走廊的消毒水味盖了过去，感觉他用酒精把整个房子擦了一遍——他是打算把这栋楼点了么？

这股味道有点太异常了，但我还是先和酒哥搭话，说自己是物业的工作人员，最近小区里有个疑似病例，女性，总在各单元瞎晃荡，不知道是不是想报复社会，传染给别人，问他看没看见过。他说没有，然后拎着一兜子酒走了，过了一会儿他送到我家对门，等他拍完照，我又给他转了100块钱。

我回了一趟家，先把酒都放进屋里，打算哪天送给老金喝，又拿了隔墙听和猫眼反窥镜出门，去了4号楼一单元。从酒哥家的猫眼往里看，发现地上到处都是成箱的白酒。有红星二锅头、牛栏山还有茅台。屋子角落里有几个大袋子，从散开的袋口看，里面应该都是玉米，玉米边上是两个白色的大塑料桶，旁边有一些绿色的空瓶，对面的桌子上，摆着一个银白色带杆的金属机器。我又用隔墙听听了一下他屋里的声音，发现排油烟机一直在响，根本听不见在说什么。

那个机器我觉得眼熟，但记不起是什么。我走出单元，给老金

夜行实录：床底的陌生人

打了个电话，跟他形容了一下机器的形状。他非常肯定地告诉我，应该是个压盖器——给酒或其他饮料压盖用的。我一下就明白，酒哥的屋里为啥有那么浓的酒味儿了，不是因为他卖酒——他的屋里，是个造假酒的小作坊。

我曾经暗访过一些造假酒和假烟的工厂，假酒一般都在郊区或乡下，用养殖场或垃圾场之类的做幌子。他们用甘蔗、甜菜、玉米这类含糖量高的东西做出酒精，再把酒精和酒糟混蒸，混入发酵白酒的味道，最后加入香料之类的勾兑。这个方法按照黑话讲，叫"三精一水"，酒精、香精、添加剂和水。幸亏还没把酒给老金送去，要不然容易喝死他。

做假烟的利润更大，但手法更高级，花费也更多。他们通常都把窝点藏在深山老林里，比制毒工厂还隐蔽。我见过最夸张的是藏在一个游泳池底下，那帮做假烟的挖了个地洞，又砌水泥又做防水的，整出个游泳池在上面，边上有块儿草皮能拉起来，从那进出，实在太厉害了。

我用网络电话报了警，没多长时间就来了几辆警车，戴着口罩的警察把屋里的几个人全带走了。后来我听说，他们本来是在北郊外那边的一个印刷厂造假酒的，但疫情一来，那边场子都不让开工了，只能搬点设备回家整，正好借着小区每天消毒，能掩盖点味道。

但这和敲我门的姑娘联系不大，线索又断了。

我回家歇了一会儿，抽了两根烟，给周庸打电话，聊了聊现在的情况——其实不指望他能有啥想法，就是帮自己捋捋思路。周庸听完了哈哈笑，说这几个大哥太逗了。我说咋的呢？他说："这时候卖什么假酒啊，他们既然能做酒精，直接卖酒精来钱多快。"

我俩扯了会儿犊子，周庸说："你要实在没办法，就再去找修电梯那大哥聊聊吧。他修电梯不能是自己一个人吧，总得有几个同事什么的，可以塞两条烟，让他们帮你看着点。"我说："是，实在不行就只能用这笨办法了。"

挂了电话，我去4号楼找修电梯的大哥，还没等我开口说这事儿，有人从电梯出来了，和我一样，撞到了锥形筒上。我忽然感觉有点奇怪——电梯检修的时候，检修人员一般都会把电梯停运了，下到电梯井里去检修，不会光在一楼摆个锥形筒，这样根本没法阻止下楼的人使用电梯，万一电梯井里有维修人员，容易被电死或直接被砸死。

那有可能是电梯的操控按钮坏了么？不太可能。升降电梯有三个急停按钮：1.最常用的，在楼顶机房的曳引机上；2.如果曳引机上的急停按钮坏了，电梯轿厢顶部也有一个，可以在电梯停靠楼层的上一层，用电梯维修钥匙打开层门，按急停按钮；3.用钥匙打开任意电梯层门，电梯会停止运行，再跑到电梯井底坑，按下急停按钮。

这个修电梯的大哥，有点问题。电梯的检测和维修，一般由物业来出钱，我跑到物业，问他们从哪儿找的电梯维修人员。物业告诉我，说是电梯厂家响应国家号召，疫情期间保障安全，主动上门检修的，免费。我问他们还得修几天，物业说明天修完5、6号楼就完事儿了。

晚上我回家，找了四个能插网卡的针孔摄像，去了5号楼，用胶粘在正对着电梯的棚上以及走廊的侧墙。

第二天上午八点，五个穿着工装的人就来了，每人背着一个大工具包，把一个锥形筒放在最左侧的电梯前，四个人上了电梯，那个跟我说过两次话的大哥在门口抽烟等着。

我给周庸打电话，让他赶紧来我家一趟。周庸很兴奋地说："马上徐哥，我不洗脸了，现在道上都没车，特快。"我说："那你把牙刷了。"

半小时后，周庸都不用我去接他，自己从栅栏就翻进来了。我让他进5号楼，假装上一楼层，然后进防火梯，看有没有奇怪的人什么的。他说："那我自己不是就很奇怪么。"我说："你别磨叽了，赶紧的。"

过了五分钟，周庸给我发微信说：徐哥，你住的这小区也太暴力了，有人在六楼楼道打孩子。我说："你轻点上去，鸟悄儿的，看看咋回事。"他说成。

过了两分钟，周庸又给我发微信说：太变态了徐哥，成年男女在防火通道假扮家长打孩子，这啥新玩法啊，声优线下演绎啊？他又看了一会儿，发现这对男女表演完，女的去挨家敲门了。

我去找了物业，让他们报警说有人假扮电梯维修工实施盗窃。警察很快来了，把这帮人带走了。

下午警方给了物业反馈：这是个盗窃团伙，趁着疫情期间伪装电梯厂家维修，上门偷盗。他们一个人在一楼放风，看有人上楼了就提醒同伙去电梯间躲一躲,别正面碰上。

因为新冠暴发,很多在燕市工作的外地人,由于家乡封城都回不来,这伙人先在走廊假装邻居打孩子,然后派一个姑娘装作有爱心,挨家敲门阻止打孩子,实际是为了探查都哪家没回来人。如果有连着几家都没人的,被发现的概率小,他们就会下手开锁偷盗,并把赃物装进工具包里,运到车上。开锁的工具,也是伪装成维修工具带进来的,我的门也是他们敲的。

但警方还反馈了个问题——这伙人是顺手偷了车,但并没冒领出入证,他们借着修电梯的伪装,并不需要出入证。那到底是谁冒领的出入证呢?

我实在没招了,只能采取最笨的办法了——每天跟看门大爷一起,在寒风中量体温检查出入证。

2月25日下午两点十二分,终于有一个穿着蓝色衣服的年轻男子,拿着我对门的出入证,进了小区。

我跟着他,发现他在小区中间停下等了一会儿,另一个姑娘进了门和他会合,我跟在他俩身后听了几句。冒充我对门的人是个房产中介,他是带人来看房的。

我拦住他俩,让中介说明白咋回事,不然就报警。他告诉我,很多人回燕市晚,小区管得严,没出入证家都回不了,没地方住,住酒店又太贵。中介手里正好也有些房,疫情期间租不出去,就打算短租给这些无家可归的人。他们挨个给在中介公司租房子的租户打电话,假装统计信息,实际上是看都谁没回来,以这群没回来的人的名义，多办几张出入证，好方便带人进来看房。

我想了想，让他们走了。

晚上和周庸"云喝酒"，他说："徐哥，你这住的啥小区啊，占地面积不大，犯罪团伙倒挺多。"我说："别说这些没用的了，现在这情况，我还能搬家咋地？"

01 _ 有个女孩每天晚上挨家偷窥,看有没有人在家打孩子

WARNING
半夜有人敲门怎么办?

1. 检查手机是否关机。熟人都有你电话和微信,不大可能直接敲门。
2. 检查房门是否反锁,如果没有请马上反锁上房门。
3. 检查厨房和卫生间是否漏水,如果没漏水你也没制造噪声,应该不是邻居。
4. 先别开门,问问是谁,听听声音是不是你非常熟悉的人;即使是熟人也不要马上开门,一定要问清来意。熟人作案率更高。
5. 如果询问后对方并没有回复你,依然敲门甚至砸门,堵住猫眼,应立即找物品将门堵住,并马上报警。
6. 如果房门够结实,就假装没听到,给物业打电话让他们上楼查看。

02

十八线明星被人偷拍了小视频，花50万找我帮忙追回

事件：犯罪团伙网上诱拐女生事件
时间：2019年12月1日
信息来源：田静
支出：11000元
收入：待售中
执行情况：完结

夜行实录：床底的陌生人

2019年12月1日，我接了个大活，帮个年轻男明星找人。

对方通过一个当记者的朋友，联系上了我的朋友田静。田静给我打了个电话，说对方愿意出50万找人，问我有没有兴趣。我说："50万呢，那没有也得有了。"

当天下午，我开车去了西巷老百货商场，在地下停车场停好车，坐电梯来到大堂，拨通了田静给我的号码。大堂有个戴着眼镜的中年大哥手机响了，看见我在打电话，过来问我："是徐浪老师么？"我和他握了握手，说："别叫老师，您岁数比我大，叫老弟就中，您怎么称呼？"他说姓郑。

老郑带我到了21层的一个套房，刷卡进去，让我在客厅坐下，给我拿了瓶水，在我对面坐下。我喝了口水，听见旁边卧室里，有人走到门口，隔着门偷听，估计就是当事人，所以问了一句："当事人今天不来啊？"他说："不来，你要是想要签名什么的，找我要就行。"想着不能撅人面子，我说行。

其实在田静找我之前,我都不知道这人是谁,特地在豆瓣上查了一下,发现确实演过几部戏,不过是我这辈子都不会主动看的电视剧,但无所谓,给钱就行。

老郑不是男明星的经纪人,但专门帮他处理公关和宣发什么的,我俩聊了会儿娱乐圈现状,他扯回正题,说起了视频的事。

11月27日,有人联系他,发来一段男明星被偷拍的视频,想要2000万人民币,不给就传到网上。他们托关系,查了下发来视频的微信,发现是个没有实名认证过的微信号,而且对方很谨慎,只用了一次就不再联系,让他们等消息。

我问什么视频,是在床上的还是不在床上的。老郑让我别问那么细,我说我总得知道点细节,要是在屋里被偷拍的,我要从偷拍设备上找来源;要是在室外偷拍的,那范围就广了。他想了想,说是在室外。我说:"那找偷拍来源估计够呛了,只能从联系你们的人身上着手。"

想要2000万的人,加的是老郑的微信,老郑有俩微信,一个是负责宣发和工作的,另一个是专门用来联系各个粉头的。勒索他们的人,加的是那个管理粉头的微信。

我问老郑,找到勒索他们的人后,具体咋办,是联系他们还是报警?他说:"千万别报警,最好直接控制住对方。"我说:"那不行,那不成非法拘禁了么?"他说:"那就找到后赶紧联系我吧,反正别报警,知道这事儿的人,越少越好。"我从他那拿了15万的定金,出门前问他能不能给前台打个电话。他问我干嘛,我说:"车停在酒店停车场了,15分钟两块钱,太贵了,抢钱呢简直是，你就说是你的车，看看有没有优惠。"老郑说："那什么，你走吧，我给前台打电话，让他把这钱记到房间账上。"

我开车离开酒店，去西巷老百货商城里的一家店吃了海鲜饭和生蚝，又打电话给我的助手周庸，问他吃了么。他说还没呢，问我一起吃么，我说："不了，我刚吃完，就是客气一下，别当真。"

周庸说："那你有啥事啊徐哥？"我说："来活了，娱乐圈的，有个明星被拍了小视频，你肯定感兴趣，我正在往家走，你随便对付一口，吃完赶紧来我家一趟。"他挺兴奋，说："妥了，这就出发。"

我到家没几分钟，周庸就来了，问我哪个女明星被拍小视频了，我说是男明星。周庸说："唉，也行吧，你手里有视频么？"我让他别扯淡，给他讲了一下具体情况，周庸听完点点头，说："那咱现在干嘛？"

我说："老郑手下有十一个粉头，微信我都要来了，你分别加她们，说你手里有那男明星的小视频，看她们都啥反应。如果对方让你发过去看看，你就说不给看，爱信不信。不信、破口大骂或直接拉黑的，一般都是真粉丝。要是和你商量先别发之类的，就说明她知道有这个视频的存在，说不定有问题。"周庸说："我明白了徐哥，合着你找我来干这事儿，就是挨骂的。"我说："你明白不明白有啥用，赶紧加她们微信。"

周庸分别加了十一个粉头的微信，验证写着："我有××的小视频，你要不要看看？"最后他挨了十顿骂，只有一个微信名叫粽子的姑娘，一直没通过微信验证，两天都没有反应。

我联系老郑，问他要了这个粽子的个人信息——是个24岁的姑娘，在燕市一家创业公司工作，前几年这个男明星还不火时，她就是铁粉儿。后来因为混的年头长，并且善于剪辑视频，就成了粉头。

老郑把她的电话号码发给了我，我打过去，接电话的不是姑娘，是个男的。他问我是谁，我说我找粽子（真名就隐去吧，不提了），他说自己是粽子的父亲，问我是他闺女朋友么？我说："不是，我是负责明星粉丝管理的，微信联系不上她了，所以打电话问一下。"

粽子他爸问我，能不能帮忙在粉丝群里打探一下，有没有人知道他闺女的去向。我问咋了，他说粽子留下封遗书后，失踪了。他觉着遗书有问题，怀疑是不是被人给害了，问我能不能托他闺女喜欢的明星转发下信息，这样能把事情闹大，全社会帮着找，警方迫于压力，说不定也会加大寻找力度。

中国每年有多少人失踪？没有相关统计。唯一能参考的数据，是上海2001年登记失踪人员9627人，大约占上海总人口的1/2300。扣除掉占比最大的老人走丢，我猜妇女和儿童的失踪率，应该在1/5000左右。这个数据肯定不准确，但失踪的人应该不少——我在我的公众号后台，或者微博、知乎的私信里，总能收到一些求助，说家里人、恋人或朋友失踪，希望我帮忙找人，或者发声把事情"闹大"。

我当然没办法每个人都帮，只能建议他们去报警，但是否要把一个人的失踪信息发到网上，我每次也很犹豫，尤其是妇女和儿童失踪时。因为很可能出现另一种情况——犯罪分子本想拐卖或者囚禁被害人，事情一闹大，他慌了，杀人灭口，毁尸灭迹。把一个犯罪的人逼到绝路是很危险的。比如很多人抱怨，为什么不给拐卖儿童的人贩子判死刑——因为要让人贩子知道，不杀害孩子，就不会判死刑，如果拐卖就判死刑，人贩子杀孩子的概率将大大增加。

所以我建议粽子的父亲先报警，但不要把事情闹大，我去他家看看再说。

粽子租住在阜林路附近的一个小区，12月3日下午，我和周庸开车赶过去，粽子爸在楼下接到我俩，把我们带上楼，进到一个四十平左右的一室一厅。

粽子和父母几天没联系，打电话也没人接，她爸一直以为是工作忙，直到粽子的公司给他打电话，说他闺女四天没来上班了，只能打紧急联系人的电话，问问咋回事。她爸找到粽子在燕市的住址，通过中介联系房东开了门，发现了遗书和粽子的手机，打电话报了警。我问能看看遗书么？粽子爸说："行，但是原件被警方拿走了，现在只有拍的照片。"

我让他发给我，看了一下，出于隐私，就不公布遗书了，大概意思就是：生活压力很大，看不到什么希望，本来以为是发着光的人，现在发现，也不是自己想象的那个样子，所以觉得活着没什么意思。唯一感到抱歉的事，是对不起父母，希望他们别浪费心力和资源找她，让她安静地死，别给大家和社会添麻烦。

周庸看了两遍，凑过来问："徐哥，发光的人不是自己想的那个样子，是不是说的就是那个明星啊？"我说："有可能，看着像是知道点啥。"

和遗书一起留下的，还有粽子的手机，她在遗书里留下了手机密码，我在她爸同意后，打开手机，检查了一下她QQ和微信聊天记录什么的，没发现啥特别的东西。

我又检查了一遍其他App，也没发现日记本之类的，直到打开App Store，看她下载过的软件时，我发现了一个特别的App——Test Flight。

Test Flight是一个很特别的软件，它是给刚研发出来但尚未投放市场的App进行内部测试的，但很多在苹果商店里不让上架的App，比如说色情类的，会通过Test Flight绕开苹果商店，让人以内部测试的名义下载。

我重新下载了一遍Test Flight，发现粽子曾经用它下过一个叫"92黄瓜"的App，但测试已经过期了，我没法重新下载这个App。我去Google上搜了一下，也没发现这个软件的相关信息，没有邀请码或下载地址之类的，我只好放弃这条线索，先去检查遗书的真假。

我拿着遗书和粽子的工作笔记做了对比，字迹应该是同一个人的。我问粽子她爸，从遗书里看出什么疑点了，他爸说他闺女平时挺开朗的，不是这样轻生的人。这是一个父亲挺主观的判断，价值不大。

我问他知道粽子最后的行踪么？他说警方调了监控，粽子从阜林路站坐地铁，6号线转5号线，在祥龙社区北下了地铁，打了个车，出租车司机警方已经联系到了，说拉着粽子去了北郊外清水路附近。那是粽子最后出现的地方。我和周庸答应帮他问问粉丝圈的人，看有没有人知道什么，粽子她爸一直把我俩送到了楼下。

回到车里，周庸点了根烟，问我说："徐哥，我刚才想到了一个可能。你看，有没有可能是粽子拿到了视频，又假装自杀，这样她拿视频威胁了那小鲜肉，拿了那2000万，也怀疑不到她身上。"我说："不是没可能，但有个疑点——她如果想威胁对方拿2000万，为啥要在遗书里，隐晦地提及自己知道视频的事？"周庸说："也是，咱现在咋整？"我说先去她最后出现的地方看看。

我俩先去了附近的商业街，在北海道田点了个雪蟹锅，吃完周庸交了钱，我俩开车去了北郊外清水路，到的时候已经晚上十点多了。

在粽子失踪的地方，有很多大卡车停在路边，司机们正准备出发，进燕市。

周庸说："徐哥，我就想不明白了，为啥开大车司机总是晚上赶路，白天开多安全啊，视野好，还不困。"我说原因挺多：1.晚上私家车少，道路比较容易跑；2.有些高速公路有晚间优惠；3.晚上查车的少，有些车超载或拉着违禁物品，晚上安全；4.高速公路上有人偷油、轮胎和货，白天休息安心一点。上大车偷东西的人不少，经常有人晚上停路边睡一觉，醒了不仅货丢了，车轱辘都被拆了。

周庸点点头，说："那粽子有没有可能上了辆大车走了？这也没法追了。"我说："别着急，先打听打听。"

这些大车司机们都等着晚上进燕市，白天的时候就在路边休息，所以催生了一种地下交易——有一群人专门守在路边，等大车司机休息时，收个几十块钱，帮忙看住货、油和轮胎，不让人偷，有的还会开货箱对一下货，要是少了还给赔偿，他们对这附近发生的事，也几乎了如指掌。

我下车在路边找了一圈，看见一个穿着棉服的大哥四处溜达，像巡逻似的，就上前递了根万宝路搭话，问他是不是看车的。他接过烟，说："对，你有货车要停么？货少八十、货多一百，在这儿干好几年了，身份证啥的都能让你拍照，绝对放心。"我说："不是，我想打听点事。"大哥想了想，说："行，你说吧，啥事？"

我掏出手机，给他看粽子的照片，问他最近看没看见过这个姑娘，或者有不太正常的大车司机啥的？他瞅了一眼，说："没见过，但奇怪的大车司机挺多，想知道得给钱。"我问多少钱，他说："那取决于你想知道啥。"我说就那种可能有违法犯罪行为的。大哥想了想，说："2000，没多要你的。"

我用微信转了2000给他，大哥拽着我往道边走走，说这半年里，有辆郊区牌照的厢货车，豪曼H3，挺怪的。别的车在这儿等着，都是为了晚上进燕市，就它，最后都是掉头走的，从来没进过燕市。

"我帮着看过这台车，一开始不愿意让人上货箱验货，但我们也怕出事说不清啊，有啥货得记好拍照，省得到时候找我们，所以坚持上车验了一下。一上车我就感觉不对劲，我们天天上大车，对各个型号的车箱啥的都太熟悉了，他这个车厢里面，明显短了一截，豪曼车厢一般都是4.2米的，他那个也就3.6米的样子。"我问啥意思。大哥用手给我比画了一下，说："车厢里有暗格呗，装的啥就不知道了。"

我问能装下人么？他说那太能了，挤一挤装四五个都没问题。我又给大哥转了1000，让这台车再来的时候通知我，到时再给他转2000。

12月7日下午三点多，看车的大哥给我打电话，说那台车又来了。我赶紧打电话给周庸，拿上开锁工具，开车过去。

到地方下了车，在路边找到大哥，我说："哥，咱商量一下，我给你5000块钱，你让我上车瞅一眼。"大哥想了想，说："老弟，你跟哥交个实底儿，你是不是警察，你要是人民警察，哥这就找人把车锁给你撬了！"我说："你放心吧哥，我真不是。"他说："那就一口价，8000！"

正好周庸这时候也到了，我让周庸给他转了8000块钱，去车头看着司机，别忽然醒了我们不知道，然后我拿着开锁工具去了大车后面，花五分钟把货箱打开了。

车厢里面是一大堆饮料，健力宝、宝矿力特什么的，我爬上车，先在棚顶粘了个微型定位器，又摸到车后面，拿手机照了一会儿，果然发现了一个锁眼。我捅开锁眼，一个暗门打开，我拿手机往里一晃，一张粉色、尖嘴猴腮的脸，正瞪大眼睛看着我，我后背衣服一下就湿了，转身往车厢外跑，发现后面没有声音，又壮着胆回头用手机照了一下。这才发现暗门里，是一只被剥了皮的，不知道是什么的动物，被钩子挂在车厢顶，里面还有一些穿山甲什么的，也被剥了皮，堆成一小堆。我有点反胃，但硬挺着拍了照，把门锁好下了车。

看车的人哥赶紧凑过来,问我车里面是啥,我说没啥玩意。

晚上十一点多,基本所有大车都出发了,看车的人也都走了,只剩下那辆厢货还停在路边,我和周庸把车开远,拿望远镜监视。十二点多时,开过来一辆凯美瑞,停在厢货旁边,货车司机下车打开后备箱,并帮助凯美瑞司机从车里扶出两个女孩进了厢货。

周庸放下望远镜,说:"徐哥,现在咋办?是一起追还是分头追?"我说:"一起追那个厢货,先把人救出来再说。"

我看着GPS的定位,等着它开出一段距离才跟上去,让周庸跟在我后面。这台车一直往集水山方向开,很快就开到一条没什么车的道上,我和周庸从旁边超过去,开出一段后停下车,让他把车头紧贴着我的车尾停下,伪装成车祸的样子,又在路两边放了路障。

随后我俩打开双闪下了车,在路边假装吵架。过一会儿那辆厢货开过来,发现我俩把路堵住了,厢货司机鸣笛示意我俩闪开,我俩不理他,这大哥等急了,打开车门跳下车,过来想让我俩让开。趁他走到我俩旁边时,周庸迅速冲到货车上,拔了他的钥匙揣兜里了。

他看着我,说:"咋的啊哥们,劫道啊?一会儿这路上还有别的车来呢,人一多了你们不好整啊。"我说:"不劫道,就想知道你货厢里都拉了些什么。"他一听我说货厢,扭头就跑,周庸赶紧追上他,把他绊倒,我过去帮忙按住,俩人架着他,把他塞到了周庸沃尔沃的后备箱里,然后跳上货车,打开暗间,把俩姑娘弄到了我的车里,又把货车靠路边停了。

夜行实录：床底的陌生人

我俩开着车，先把俩姑娘送到了距离比较近的集水医院，又出门把那大哥从后备箱拉出来按进车里，问他到底是怎么回事。具体用什么方法问的，我就不细说了，大哥说，他是专门给人送货的，有时候是野味，有时候是毒品，有时候是女孩，都送到了集水山山脚下的一个会所。我和周庸找到那个会所，发现所有的窗户都有铁栅栏，根本没法溜进去，只能报了警，还通知了粽子的父亲，说他闺女有可能在这儿。

没多久警方就来了，从里面带出去挺多女孩，我对着照片，找到了粽子，让她接了她爸的电话，她一直哭，也没说啥。等姑娘录完笔录出来，我和周庸主动送她和她爸回家，想问问视频咋回事。

到了粽子家，这姑娘哭着说了自己出事的过程：她这段时间有点抑郁，再加上生活中遇到了一些事，总在网上发些消极的东西，就有人联系了她，假装也是抑郁，说是互助。她收到了对方发来的网址，用Test Flight下了一个叫"92黄瓜"的App，这是个阅后即焚的软件，不能截图，也不能保存聊天记录。

在这个软件上，她交到了几个朋友，参加了几次互助的聚会，还有人找了个心理老师来辅导，心理老师说不破不立，诱导她们一起写了封遗书，说想想父母看见这样的遗书会多伤心，所以要克服抑郁，不能要死要活的。前段时间聚会约在了北郊，她到那里后，被带去了一个会所，手机也被拿走了，再也没出来。因为被骗来的女孩都有点抑郁，控制她们的人怕她们自杀，屋里的墙都是软包，吃饭都有人看着，防止自杀。由于在山区，跑出去也找不到人求救，很快就被抓回来。有个姑娘试图用丝袜上吊，结果丝袜太劣质，折了，没死成，被人折磨得够呛，求生不得，求死不能。

在会所里发生的事都太恶心了，她根本不愿回忆。

我让姑娘缓了一会儿，问她知不知道她喜欢的明星被拍视频的事。她说知道，是和一个有夫之妇的女明星在地下停车场接吻的视频，她亲手拍的。我问她是因为这视频才抑郁的么？她想了想，点点头，说绑她的人删她的聊天记录，发现她手机里有这明星的视频，就想勒索对方，结果明星那方很强硬，说："那你就发到网上呗，发上去我就报警，反正我知道你是谁，会告诉警察你的身份。"

勒索的这帮人本身也一堆事儿，不愿意闹大，就拉倒不再联系了。

从粽子家出来，周庸问我怎么和明星交代这事儿。我说再等等，这事儿还是有点不对劲。

过了两天，我听警方的朋友说，这伙拐卖妇女的人，在山里开了个会所，专门服务有钱人。他们在网上诱拐有抑郁倾向的女孩，骗她们写遗书，把人绑走后，再把遗书和手机放回家里，伪装成自杀，这样会降低很多风险。警方调查时，在主谋家里发现了大量的遗书，都是不同女孩写的。

但我觉得不对劲的不是这事。我通过田静联系上那个明星，问他当时怎么跟勒索的人说的。他说是答应给对方2000万了，但对方最后没再联系。我再二问他细节，确定他知道的就只有这些，而且都是老郑告诉他的。

第二天上午，我联系老郑，说视频找回来了，约他在正安门的云咖啡见面,并让周庸约了粽子。老郑见到粽子也在,问我啥意思。我说:"我都打听了,除了粽子以外,其他几个粉头,都是明星的亲戚朋友啥的,只有这姑娘不是。她是怎么凑巧在大半夜,进入管理那么严的小区,拍到视频的,肯定是有人做内应。而且你跟勒索的人很强硬,说知道他是谁,不怕他发出来,你说的就是这姑娘吧?"老郑这边啥也没说,粽子一下崩溃了,说是她干的。

这么多年来,她和老郑一直联系,联系出感情了,老郑最近得知,自己服务的明星和另一个是有夫之妇的女明星有事儿,就透露信息,让粽子去偷拍了视频,打算勒索。结果一边是偶像,一边是男朋友,姑娘情绪有点崩溃,一直下不定决心该怎么办,就抑郁了。

三天后,我收到了35万的尾款,明星为了封口,只是开除了老郑,没把他送公安局去。

过了两天我和周庸喝酒,他问我:"徐哥,像粉丝圈这种,总是崇拜别人是不是一种病态的情绪?感觉他们都有点病态呢。"我说:"不能一概而论吧,什么圈都是啥人都有,别总想着把人归类,也不是所有的男孩,都能分清每个奥特曼。"

WARNING
如何安全追星不被骗

1. 只在网上追。
2. 真心喜欢就行,不必为对方花钱。
3. 不要加入任何追星组织。
4. 把这件事和现实生活区分开。
5. 做到客观看待自己喜欢的明星。
6. 训练自己不过分崇拜任何人。

03

别随便在饭店吃便宜猪肉，它可能吃过自己的同类，有传染病

事件：怀疑男友出轨事件
时间：2019年12月18日
信息来源：田静
支出：9700元
收入：待售中
执行情况：完结

夜行实录：床底的陌生人

2019年12月13日下午，我的朋友田静，发微信问我有没有时间，想请我吃饭。我说："成，去哪儿吃？"她说去广容门那家日料，吃炸猪排。这时候请吃猪肉，能算是好朋友了。

其实我这三四年很少吃猪肉，基本都是以牛肉为主。之前我老舅怕外边的猪肉不好，特意买来小猪，请了两个人养，准备专供家里吃。结果没养多久，猪就得软骨病死了，我老舅问养猪的怎么回事，他们说，很多猪种，不喂抗生素和一些其他的药，根本活不长。我听说这事儿以后，可能是心理作用，每次吃完猪肉都感觉头晕，所以越吃越少。但偶尔吃一顿，也没啥问题。

晚上七点，我俩在饭店坐下，她点了个滑蛋牛肉饭，我点了个腰内陶板锅。上完菜，吃了一会儿，我说："静姐，你到底找我有啥事儿？"她说："有个一起上瑜伽课的姐们儿，叫刘婷，知道我原来是做记者的，问我认不认识靠谱的私家侦探介绍给她。"

据了解，刘婷的老公最近行为很反常，晚上总是很晚才回家，或者干脆就不回来了。她想检查一下老公的手机，他也不让，刘婷怀疑他出轨，所以想找人调查一下，如果确定老公出轨就和他离婚，顺便利用证据，多分一点财产。

我说："静姐，我是个夜行者，不是私家侦探，这种破活儿能不能不找我。"可田静一句话就说服了我——刘婷有钱，愿意出50万做这事。我说："妥了，静姐，把刘婷微信推给我，这顿我买单。"

在国内干私家侦探不合法，但仍有很多人偷摸着整，找私家侦探的，百分之九十九都是调查另一半出轨的。私家侦探大概分两种：一种是关系户，能利用人脉查监控，调取路上的监控录像，很轻易就能知道对方去了哪儿，车里载了谁。有时候更轻松，在出轨方不谨慎的情况下，查一下开房记录就完了；第二种比较冒险，利用技术手段，搞非法窃听什么的，一旦出事，整不好还得蹲几年。

我认识一个特别惨的哥们儿，具体姓名就不说了，也是私家侦探。有天接了个调查出轨的活，结果委托他调查的那女的，不是真找他调查出轨，而是和她老公合伙做了个局，给这哥们下套了。夫妻俩记录下了他非法进入家里，安装窃听和偷拍器材的证据。然后用这些证据威胁他，说他犯了非法使用窃听、窃照专用器材罪，侵犯公民个人信息罪以及非法侵入他人住宅罪。最后这哥们不仅一分钱没赚着，还被勒索了20万，特别惨。

我一般不接这种活，因为不能直接调监控和开房记录，这就会导致调查难度增大，回报低，风险还高。但要是雇主多给钱，那就另算了。

加了刘婷的微信，聊了一会儿，我发现个事儿。刘婷在拜托田静联系我之前，已经找过一次私家侦探，但什么都没查出来。她之前找的私家侦探，往她老公车里装了窃听装备和GPS，但每次他老公晚上出门后，这些设备都会莫名其妙地失联和被信号干扰。这个私家侦探怀疑，刘婷老公发现自己被窃听了，所以采取了信号干扰等应对措施。为了安全起见，这活他不干了，定金也退给了刘婷。

光手机上说容易漏掉信息，我约刘婷明天上午十一点在城南的一间咖啡馆见面，聊一聊她老公和之前的调查情况。

第二天上午十点，我叫上我的助手周庸，一起出发去咖啡馆。坐下之后我们点了美式和华夫饼，大概十一点半的时候，刘婷才到——是个保养得挺好的大姐，皮白肤嫩，一看就挺有钱的。她挺不好意思，说自己不是故意迟到，路上堵车了，还一直找不到停车的地方。我说没事，问她喝点啥，她只要了瓶巴黎水。

等水上来，我和刘婷仔细聊了下她老公晚上都去哪儿。

她说，之前找的私家侦探告诉她，她老公韩生源，不在家的晚上，基本不在市区待着，都开车去了偏远的丰正区，或者干脆离开燕市。然后每次出燕市没一会儿，信号就没了。刘婷越说越来气，后来直接掉眼泪了："最近我闺女生病，天天鼻子出血，去医院也没检查出来啥毛病，我老公一点都不关心，不咋回家，也不知道天天忙啥呢，是不是和哪个女的在一起呢？"

周庸去找服务员要了点纸巾，回来递给她。我等刘婷擦完眼泪，说："大概情况我都了解了，也非常同情你的遭遇，但还是得先付10万的定金，如果最后没查到什么，这10万也是不退的。"她说:"没问题,田静都说了,你们很靠谱,如果你们查不到,别人估计也够呛了。"

鉴于韩生源可能有反窃听的意识,窃听什么的那套也用不上了,我打算直接采取最笨的方法——跟踪。我和刘婷商量好,让她把韩生源约出来,我和周庸会跟着他。她说行,打了个电话,韩生源没接,她就一直打,过了半小时韩生源才接电话,她说要见面聊聊女儿生病的事,韩生源答应了,说第二天下午回家找她。

12月15日下午两点,我和周庸到了刘婷家楼下,她家住在森林公园边上的一个小区,物业管理挺严的,外来车进不去,我和周庸只能停在道边,盯着小区地下停车场的出口。

快三点时,刘婷发微信告诉我韩生源走了,开着辆黑色的宝马5系,并告诉我车牌号。等这辆车出来时,周庸赶紧开车跟了上去。

按照之前刘婷告诉我的,韩生源每次都是往丰正方向走,但今天他过了西郊后,一直往南开。绕路到附近的光华连锁超市,买了两大包东西放进车里,又开到了新庄线附近的凉水河边上,找地方停车,然后下了桥。

我和周庸出门,开的是我的高尔夫,所以我让周庸在车里等着,省得被贴罚单,自己下车跟上了韩生源。

韩生源拎着两大包东西,从路边的台阶下到河边。最近天比较冷,河边没什么人,我站在桥上,假装自拍,通过手机的前置摄像头看见韩生源走到河边的一个桥洞,桥洞里出来一个姑娘,帮他拎了一个袋子,俩人一起进了桥洞里。过了二十多分钟,韩生源自己出来,那姑娘没跟着。

我回到车里坐下，周庸问我什么情况？我给他讲了，说韩生源和一个姑娘在桥洞里待了二十多分钟。周庸都懵了，说："他不挺有钱的么，哪怕开个钟点房呢，这么冷的天，就在桥洞里？"我说："别瞎叨叨，不一定咋回事呢。"他说行吧，问我现在是跟着韩生源还是去桥洞看看那姑娘怎么回事，我说跟着韩生源吧，桥洞什么时候看都一样。

韩生源开车上了石海路，然后从玉律快速上了福华路，再走机场高速，一路奔向丰正区。

在高速途中，他突然在路边停车，下车放了一件衣服和一条裤子在地上，铺成人的形状，又上车走了。

周庸问我他干嘛呢，我说："不知道，先继续跟着他。"我俩停下车，把衣服和裤子捡起来扔到车上——看起来是一套小孩的衣服。然后一路开车跟着他，到了万昌路时，遇到两辆警车停在路边随机查车，结果韩生源忽然下道，停在路边一处不起眼的地方。

我和周庸不敢下车跟着，怕太明显，就开了过去，然后在前面能调头的地方，又绕了回来，警察查了一会儿车就开走了。

结果韩生源从路边开出来，一直跟着警车。周庸说："徐哥，这大哥干嘛呢？一直跟着警车。"我说："不知道，但看他这行为，有点像'公路侦察兵'。"周庸问我啥意思，我给他解释了一下："有些超载或拉着违法货物的车，会让同伙开着其他的车，尾随跟踪警车，用对讲机实时向违法车辆提供交警的位置和动向，避开交警和检查。"

我让周庸加速，从韩生源边上超车。路过他时，果然发现他拿了个对讲机，正在讲什么。韩生源跟了警车一段，又掉头继续向丰正方向走，我和周庸比较倒霉，被交警拦了下来，说看见我俩来来回回好几趟了，问我们干嘛呢？我说没事，就是瞎溜达，他检查了一下我们车里，发现确实什么都没有，就放我俩走了。但韩生源这时候已经不知道去哪儿了。周庸问我咋整，我说先回桥洞那边去看看吧，明天让刘婷再联系一下韩生源。

我和周庸开了两个小时的车，回到南城那条河边的桥洞时，已经晚上九点多了。我下到河边，走到桥洞附近，能隐隐看见里面有亮光，听见有说话的声音。看来不止一个人。我犹豫了一下，因为不清楚里面的情况，进去有点冒险，我和周庸就回到车里，开到附近的饭店门口停下，然后轮流下车监视桥洞的情况。看了一宿，也没人出来。第二天，我给刘婷打电话，让她再联系一下韩生源，结果一直到晚上，韩生源的电话都处于关机状态。

16日、17日，连着两天，刘婷都没联系上韩生源——他就像失踪了一样。我和周庸商量了一下，觉得这个桥洞可能是现在唯一的线索，于是每人套了两件羽绒服，在附近待着，监视那个桥洞。

18日中午十二点多，我看见那个之前和韩生源有接触的姑娘，从桥洞里出来，去附近的小卖部买了些水和零食，然后又回到了桥洞里。下午三点多，两个此前没见过的男性，从桥洞里出来，拿着几件衣服裤子，在凉水河边洗了起来。

周庸问我说："徐哥，这帮人真就住这里面么？不怕冷么？"我说："确实有点不符合逻辑，一般住在桥洞的流浪汉，冬天会往更暖和的南方迁移，即使不走，晚上也会找麦当劳之类的地方睡觉，但这帮人就这么一直待在桥洞里不挪窝。这样对他们和住在附近的人，都是一种安全隐患。他们有可能冻出病甚至冻死，路人也不太安全——2012年的时候，就有个姑娘被住在桥洞里的流浪汉糟蹋了。"

19日上午，那姑娘又和俩男的出来一次，还是去附近的商店采购。

晚上八点多，情况终于发生了变化，一辆金杯牌面包车停在桥边，接上了这些住在桥洞里的人——算上那姑娘，这桥洞里竟然住了9个人。但韩生源并没出现。

我和周庸跟着这辆面包车，本来以为会去那天韩生源去过的地方，没想到上了高速，又开了240多公里，晚上十一点的时候，来到了望山区附近的一个县。

周庸想拿手机搜一下这是哪儿，却忽然发现手机没信号了。我掏出我的两个手机，发现也都没有信号。周庸说："之前那个私家侦探用GPS追踪韩生源，总是忽然没信号，是不是因为他到这儿了？我说："应该是，前边面包车停了，咱们下去看看。"

面包车在村边停下，我和周庸怕被发现，又往前开了一段才在路边停了车，下车从一片已经秃了的小树林里穿过去，想看看他们在干嘛。稍微靠近点后，我看见面包车熄了火，几个住在桥洞底下的人陆续下了车，每人手里都拎了一个大编织袋。

我和周庸远远地跟在他们后面，不一会儿，就闻到一股养殖场特有的腥臭味儿。这帮人隔着围墙，把编织袋里的东西拿出来，一块儿一块儿往墙里扔——这地方应该是个特别大的养殖场，他们围着一圈，扔完上面包车走了。我和周庸这时才敢出来，往那个方向走。

周庸忽然惊呼一声："徐哥，你看我踩着个什么玩意儿？"我用手机照了一下，发现是个大疆的无人机，已经摔碎了。周庸说："这地方咋有无人机？"我说："不知道，但和咱们没啥关系，还是先去看看他们到底干什么了。"

到了养殖场的墙边，我把俩手搭起来，周庸问我干嘛？我说："你踩着我的手，翻进去看看他们往里扔的啥。"周庸说："这么臭，你咋不去，我踩着屎咋整？"我说："别叨叨，赶紧的。"

周庸翻到了墙头，用手机晃了一下，发现里面是猪圈，说啥都不下去。我在旁边树上掰了一根树枝，不停戳他的腿，他才跳了进去，然后从那边扔出一块肉，又扔出了一个手提箱，赶紧翻了回来。

我蹲下来，用刚掰的树枝戳了戳这块肉，看肥瘦的程度，应该是猪肉。肉质非常灰暗，上面全是黏液，贼臭。周庸粘了一手黏液，都要吐了，说："徐哥，我求您了，咱赶紧回车那边让我洗个手吧。"我说行吧，拎着手提箱，和周庸回到车边，从后备箱拿了两瓶矿泉水，给周庸洗手。周庸一边洗一边问我："徐哥，那是什么肉啊？也太恶心了。"我说应该是病猪的肉。

周庸问我那帮人往猪圈里扔这干啥，我没回答他，把他从猪圈里扔出的手提箱打开，里面只有几个按钮，写着5.8G、2.8G、GPS。这是一个信号干扰箱，或者说，无人机反制箱。5.8G和2.8G的按钮，能让无人机和手机无法被操控和传播图像，GPS按钮会让

41

无人机信号中断、迫降甚至坠毁。怪不得，手机到这里会没有信号，那台大疆无人机会坠毁在这里。

我说明这玩意是啥后，周庸问："这玩意儿是养猪场放的吗，他们往猪圈里放这玩意儿干嘛？"我说是为了对付炒猪团。

有些人，会用无人机把毒药或非洲猪瘟病毒投放到养猪场里，造成猪感染病毒的假象，或真的让猪感染上病毒，然后趁机低价收购这些猪，再偷运到城里，按比正常低一点的价格，卖给小饭馆什么的。现在猪肉价格这么高，他们通过差价，能赚很多钱。而且被他们这么一搞，正规流入市场的猪就更少了，超市之类的地方，猪肉价格就会更贵。人们在越来越吃不起猪肉的同时，在外边吃饭吃到病猪的概率也增大了。

周庸说："这也太不是人了，这种人活得都不如猪。"我点点头，说："对！这养猪场有信号干扰，没法用无人机投毒，所以这帮人干脆直接人工投毒了。你刚才捡的那块猪肉，很可能就是从得猪瘟的死猪身上割下来的。"

这回周庸真吐了，等他吐完，我俩把无人机干扰箱放回养猪场旁边，开车回燕市。

到市区时，已经是第二天凌晨五点多了，我提议吃了早餐再回去睡觉。周庸说不行，他现在啥也吃不下了，我俩就去他家睡了一会儿，下午一点多起来，在中山的中石化加油站加了油，又开车去了城南的那个桥边。

下午三点多，那个姑娘又出来买东西，在宾西园的一家小卖部，买了些吃的喝的，一出来就被我和周庸拦住了。她问我俩干嘛,我说:"昨晚睡得挺晚吧,去养猪场那边挺味儿的,住在桥洞还没办法洗澡。"姑娘把手里的东西一扔,拔腿就跑,我把袋子捡起来,说:"你要再跑,我就报警了。"她不跑了,问我俩到底想干啥。我没搭话,检查了一下袋子,里面是一条红塔山,两瓶劣酒,还有些面包什么的。

她又问了一遍我们想干嘛?周庸凑过来:"徐哥,咱到底想问啥?"我让他一边儿去,问姑娘韩生源在哪儿呢。她说不知道,他们也联系不上他了。我让这姑娘上车,给我详细地说一下到底怎么回事。

这姑娘怕我俩报警,只能跟着上了车。看见我们扔在后座的衣服,她差点吓疯了,问韩生源是不是在我们手里。我们说不是,她问那这套衣服为啥在我们这儿——这是韩生源闺女的衣服。

周庸解释了一下,说是韩生源扔高速上,被我们捡起来的,她很快就相信了。

我很奇怪,问她为啥相信得这么快,她说因为这套衣服确实是要扔在道中间的——韩生源的闺女最近总鼻子出血,查不出来原因,他找人算了一卦,说是撞到不干净的东西了,要把他闺女的一套衣服扔在马路中间被车压,替她遭罪。

我让她别讲这些没用的了,说说她和韩生源到底啥关系。

她告诉我俩,韩生源是她老板,一直在和人合伙做炒猪团,用无人机投放带猪瘟病毒的猪肉到养猪场。猪是吃同类的,会吃掉这些带病的猪肉。等猪得病了,他们再去低价收购。但后来很多养猪场都用干扰设备防着无人机了,他们就雇人手动往里扔,这些流浪汉就是他们发现的最好人选——不知道他们是谁，不知道自己在干啥，便宜，给点吃喝就干。

15日晚上，在他们去丰正一个养猪场投毒的半路上，韩生源发现了警车，他一边跟踪警车，一边用对讲机告诉他们避开，说之后再去养猪场和他们会合。但他们一直没等到韩生源，最后只能先回来了。

那天晚上回来后，有人用韩生源的手机，分别给她和韩生源的合伙人打了电话，告诉他们，已经知道他们住在哪儿，肯定会找到他们报复的。姑娘吓坏了，不敢自己回家住，这段时间就一直待在桥洞里，和这些流浪汉住在一起。直到昨天晚上，韩生源的合伙人又找到她，他们一商量，不敢再去韩生源失踪的那家养猪场，转头去了更远的地方。

周庸问她："你们就不怕吃死人么？"她说："不会，猪瘟不传染人，吃了坏猪肉，最多也就是上吐下泻，而且只要超过60℃，就能杀死猪瘟病毒，应该没有人吃猪肉刺身。"周庸说："你心够黑的哈，能拿这事儿开玩笑。"

我让周庸先别说话，问清了他们那晚要投毒的养猪场地址，拍下了她的身份证信息，留下她的联系方式后，让她走了。这姑娘走前说报警抓她可以，能不能别连累那些流浪汉，他们真啥也不知道，让干就干了，就为了有口吃喝，能活下去。我说再说吧。

当天晚上，我和周庸顺着我们第一次追踪韩生源的路线，开车到了丰正，去了那姑娘告诉我的养猪场。一到附近，我和周庸的手机就没有了信号。

我俩拿着准备好的手电,靠近了养猪场的红砖墙。结果还没到地方,就隐约听见有狗叫声。周庸说:"徐哥,有狗咋办?"我说可惜了,没带小魔来,要不然可以放出去和对方的狗撕巴一下子。周庸说:"你可别介,徐哥,就小魔那短腿,肯定是单方面被撕。"我说:"不扯犊子了,咱俩分头行动,先找韩生源的车,人可能藏起来,车藏不起来,要是看见狗,就拿强光手电晃它眼睛,然后找机会往咱车里跑。"周庸说行。

我和周庸分头行动没多久,就听见身后一阵狗叫。我一转头,两只大狗正往我这边跑呢,这下我先晃哪只都是挨咬,只好从手边的砖墙爬上去。结果站在墙头,我发现猪场边上屋里的灯亮了,有人出来。为了不被人看见,我只能跳进猪圈,用手电四处照了照,结果汗毛一下就竖起来了。角落里,几只大猪正盯着我,它们的嘴边,有白色的头骨和腿骨——怎么看都像是人的。

我后背贴墙站着,用手电不停地在地上晃动,吸引它们的注意力,墙外边有人喊"别跑",然后带着狗逐渐追远了。应该是周庸被发现了。

我趁机翻出墙外,按照他们追出去的方向,反向绕圈返回停车的地方,却发现我的高尔夫已经被人开走了,车钥匙在周庸那,估计是周庸被人追得太紧,开车先走了。但也有种可能,就是他们抓了周庸,并把车开走了。

想起猪圈里的人骨,我沿着国道开始小跑,十多分钟后,手机终于有了信号,我收到了周庸发来的微信:"徐哥,那几个人像要杀人一样,我怕你出事,先报警了,你收到赶紧回我。"我给他打了个电话，跟他说了人骨的事儿，让他告诉警方，但别提我，就说自己发现的。

然后我给田静打了个电话，让她过来接我。

两天后，我和周庸在东郊殡仪馆见了刘婷，她告诉我们，根据养猪场的人说，那天韩生源被他们抓住打了一顿，交代了同伙后被关进了猪圈。没想到第二天一开门，发现人被猪给吃了。靠给猪投毒发家致富的韩生源，最后竟是死在了猪身上。

韩生源知道自己做的事违法，不想牵连到她，所以不管刘婷怎么逼问，一直也没告诉她自己是通过什么赚钱的，因此这事儿最后也没连累到她。

我问她知不知道韩生源拿女儿衣服放在高速路上的事儿，她摇头表示不知道："他生前就喜欢整这些神神鬼鬼的，还找大师给我女儿做了个护身符。"周庸说："那还有什么不明白的，亏心事做得多的人，比较容易瞎信鬼神，因为怕死后下地狱。"

刘婷没搭茬，叫她女儿过来，给我们看小姑娘脖子上的项链，是一个金色的小石盘。

我忽然想到一个事儿，赶紧让周庸开车去我家拿测辐射的仪器，然后检测了一下这小姑娘的项链，结果发现辐射超标了一百多倍。市场上卖的护身符、平安符，很多都存在辐射严重超标的情况，戴一小时，等于拍五次X光，可能就因为这个，小姑娘鼻子才总出血。要是戴的时间再长点，得白血病也有可能。

出了殡仪馆，周庸问我："徐哥，你咋啥都有？"我说："我有轻微的被害妄想症，买个家具什么的，都得拿这玩意儿和测甲醛的仪器测一下,但没想到今天用上了。"他点点头,说:"徐哥你说,刘婷和韩生源做夫妻这么多年,不可能什么事一点都不知道吧,有没有可能是故意找咱俩调查,洗去她身上的嫌疑?"我说:"不知道,韩生源已经死了,别的也没法查了,她能把钱给咱结清就行。"

从殡仪馆出来,我让周庸回家,自己又去了趟凉水河边的桥洞。周庸报警后,里面的人已经都被抓走了。我进去看了看,即使是白天,桥洞里也很黑,我打开手电,发现里面有些还比较新的睡袋和帐篷——应该是韩生源雇这些流浪汉的部分"佣金"。地上有些红塔山的烟头,还有几瓶劣酒的酒瓶,可能是喝着暖身的。

一般来说,酿酒剩下的酒糟什么的,都会卖给养猪场去喂猪。不知道他们下毒的那些猪里,是否碰巧有猪吃过酿出这些酒的酒糟。但毫无疑问,不管是流浪汉还是猪,他们和每个吃不起猪肉的人一样,过的都不是啥幸福生活,都不是世界的宠儿。

WARNING
如何快速识别猪肉的好坏？

1. 健康猪被屠宰后肌肉呈淡红色，脂肪为白色。病猪放血不良肌肉呈暗红色，脂肪上可见毛细血管。灌水的肌肉呈淡红泛白色，肉皮及皮下脂肪明显发黄者，不建议购食。
2. 鲜肉弹性好，手指按出的小坑能立即消失。
3. 鲜好的猪肉皮细而薄，不粘手，无臭味。
4. 肌肉中有黄白色米粒大小的豆，是米(豆)猪肉，有寄生虫，绝不可吃。
5. 看宰口，健康猪被屠宰后，肉体刀口向外翻；病猪急宰或死后冷宰的刀口不会向外翻。
6. 母猪肉，皮厚肉粗，毛孔深而大，奶头粗而长，肌肉纤维纹理粗糙，呈污红色。
7. 正常的鲜猪肉：肌肉有光泽，红色均匀，脂肪呈乳白色；外观微干或湿润，不粘手；纤维清晰，有坚韧性，肌肉指压后凹陷处立即恢复；具有鲜猪肉固有的气味，无异味。

04

寻找无家可归的男孩:
洗头房,焚尸炉和冰柜里的半截手掌

事件:动物园焚尸事件
时间:2019年12月15日
信息来源:齐冰
支出:1380元
收入:待售中
执行情况:完结

夜行实录：床底的陌生人

2019年年底，淘宝每天都会推荐些奇怪的东西给我。不是"KTV公主半透明露背小短裙"，就是"爆骚小胸聚拢连体泳衣"。

熟悉我的朋友都知道，我是个脱离了低级趣味的人。这些东西我肯定是没穿过，也没给别人买过。那淘宝为啥死乞白赖地给我推荐呢？因为我当时正调查的一个失踪案，让我搜索了这些东西。

2019年12月15日下午，燕市某家媒体的一位女记者——齐冰，给我发微信语音，说找我有事儿，问我是否有时间见一面，详情见面聊。想了半天，我才想起来这人是谁——2014年时，这姑娘在我这儿买过一份碎尸案的调查报告，后来就再也没联系过，互相连朋友圈都没点过赞。

我估计齐冰可能又想找我买点啥，于是说现在就有时间，约她在宾西园的木材面包店见面，因为我刚起来，还没吃饭，想买个面包吃。那天我有点饿，脸都没洗，刷个牙、套个帽衫就出门了。等我就着一杯美式，吃完了俩巧克力牛角包，齐冰终于到了。

我问她用不用喝点啥，她说不用，事儿比较急。她男朋友赵义恒失踪了，怎么也联系不上，她试图联系赵义恒的父母，电话也打不通。

11日中午，俩人在电影院看完《星际探索》，赵义恒说家里有点事儿，匆匆忙忙就走了，然后人就再也联系不上了。齐冰连续两天打他电话都没人接，去他爸妈家敲门，也没人开，他父母手机也关机，一家人都人间蒸发了。

我说："你先别急，咱俩分析一下，你俩感情咋样？"她说："还行吧，处了两年了。"

我说："一般情侣当中，忽然有一个人玩失踪，最大的可能不是出事了，是不想处了，要不然不至于连对方家里人都联系不上。"齐冰说："这不用你告诉我，我借朋友的手机给他爸妈打了电话，也是关机，不是把我手机号拉黑了，所以我怀疑真出事儿了。我知道你偶尔也接这种找人的活，你就说，帮我查一下人哪儿去了多少钱吧？"

我说："分情况，看是找到人为止，还是找个一周半个月的，找不着就拉倒了。"她说就找一周吧，然后开始跟我砍价，砍到了5万，并承诺以后会介绍很多人来我这儿买调查报告和资料。

我跟齐冰问了些赵义恒的基本情况，包括他在哪儿上班，平时喜欢去哪儿玩，以及他父母的住址和联系方式，并要了几张他的照片。然后我打电话给我的助手周庸，让他带上装备，我们一起去了一趟赵义恒父母家。

他家住在临安市的平乐区，房子是拆迁后分的，在一个叫欧亚之花的商场附近。我和周庸到了地方，找到4栋，等有人从里面出来时，进了单元门，上电梯到1202，敲了三分钟门，都没有人开。周庸拿出猫眼反窥镜，透过门镜看了一下屋里，说客厅没人。

我说行吧，然后拿纸笔写了个字条，贴在防盗门上。纸条上写着：我是赵义恒公司的HR，这几天都联系不上他，让他有功夫跟公司联系一下，不然公司就要报警了。下面还留了一个手机号。这个手机号是我在黑市买的，随着实名制，不记名的手机卡越来越难买，只能开始买别人名字登记的手机卡。因为是当成一次性用的，也不绑定银行卡什么的，风险比较小。

留完字条，我又在1202对面的墙上，用电钻钻了俩眼，把两个钉子形状的针孔摄像插在里面，正对着门。这个摄像机的电量，大概能维持四十个小时的拍摄，在这段时间里，只要有人进出1202，一定能拍到。

装完针孔摄像，我和周庸去欧亚之花的海底捞对付了一口，等他买完单，我俩开车各回各家。第二天下午两点，我们又来到赵义恒家的小区。

上楼取了针孔摄像，回车里连上电脑，我俩快进着看了一会儿，发现昨天下午五点，有个四十来岁的大哥，到过1202，看了一会儿门上的纸条，但没动，拿钥匙开门进了屋。大哥眼睛挺大，但鼻梁子特别矮，一脸凶相。我把这大哥的面部截图发给齐冰，让她确认一下是不是赵义恒的家人，齐冰说应该不是，反正她不认识。

我和周庸快进看了一遍监控，确定大哥今天还没出门，赶紧又上楼敲门,但还是没人开——我听见有人轻手轻脚地走到门口,藏在门后的一侧,但就是不开门。这人太可疑了,但他一直不开门,我也没啥办法,给周庸发了条微信,说:"咱俩先下楼,你把帽子扣好了,现在门外有人他不敢看猫眼,别走的时候,让他透过猫眼看见咱俩脸了。"

等下了楼,周庸把帽子摘下来,说发型乱了,一直在那捋。我说:"你能不能先别管那几根毛,捋捋捋的,咋那么烦人呢,办正事呢现在,把手给我撂下。"等周庸放下手,我让他去车里等着,我在楼下转。

如果大哥出门,我就想办法进屋里去看看,他开车跟上大哥,看看他去哪儿,希望能找到赵义恒一家的线索。

我从后备箱拿了开锁工具,放在背包里,在小区楼下瞎转悠。晚上六点多,大哥终于出门了。我打电话通知周庸跟上,自己上了楼,把锁撬开,进了赵义恒家里。

屋里有点乱,有挺多吃完外卖剩下的垃圾,我挨屋找了一圈,在衣柜里发现了赵义恒家的相册,里面有挺多他和父母的照片。衣柜里的衣服款式,一看就是老年人的,和大哥的身形不符——证明这还是赵义恒父母的房子,他们应该没离开这房子太长时间。茶几上有个吃了一半的包子,以及半条鱼,闻味道已经酸了,还有张那大哥的身份证照片,看着比本人年轻一点,叫张春来。我拍了一张,从屋里出来,用开锁工具把门重新反锁上,然后给周庸发微信,问他在哪儿呢。

周庸十多分钟都没回,我有点奇怪,给他发微信语音和打电话都没人接听。他的手机应该是消音的，但以周庸五分钟就看一次手机的强迫症，不应该没看着我找他——除非是出事儿了。

iPhone里有个定位App，叫查找朋友，我和周庸是互相开着的。我打开查找朋友看了一眼，发现他在南关的桐园路附近，我赶紧打车过去。到了南关边上，发现周庸的沃尔沃停在路边，车尾一地碎渣，旁边有个交警，正拿手机记录着什么。

四周观察了一下，我发现路两旁有些看热闹的人，因为不知道什么情况，我没贸然凑上去，拿手机假装拍摄现场，跟周庸挥舞了一下，示意他看手机。周庸回车里拿手机打给我，我把蓝牙耳机戴上，接了电话，问他啥情况。他说："那孙子太牲口了，可能发现我开车跟踪他了，就在路边停车，趁我从他边上过去，开车就撞我。"我问："他开的啥车啊？"周庸说："雅阁，拿日系车撞沃尔沃，你说他是不是疯了？"我让他快点处理，现在他有可能被人盯上了，我不和他在外面见面，先回家，让他去我家找我。

晚上七点多，周庸处理完事故，立了案后，到我家来找我，我问他记住车牌号了么？他说记住了，是个望山区的车牌。

我在网上联系了一个做社工库的黑客，把我拍下的身份证和车牌号发给他，给了他1000块钱，让他帮我查一下张春来这个身份证和车牌号。过了二十分钟，他发给我一份资料——在张春来这个身份证的名下，有两百多辆车，其中就包括故意撞周庸车的那辆望山牌照的雅阁。更扯淡的是，根据社工库里提供的泄露资料，张春来已经死了，三年前就在殡仪馆火化了。周庸跟踪的，是一个死人。

周庸看完张春来资料吓懵了，说："徐哥，咋还查出灵异事件了?"我说:"别慌,哪来的灵异事件,这应该是死人车行干的。"有些卖二手车的车行,为了避税和其他方便,经常会把偷来的车过户到死人的名下,这样产生罚单什么的找不到责任人,事后也不好追查。所以在地下黑市里,死人的身份证卖得比活人的贵多了。

周庸问我:"这个大哥为啥要用死人的身份证,是假死还是怎么着?"我说:"不好说,但这人有反跟踪能力,不知道还有没有其他同伙,你在车里,他不一定看清你的脸,但以后再跟踪他还是戴帽子吧。"周庸说:"行吧,我发型不要了。"

我和周庸又开始在赵义恒家的小区蹲点,那个大哥特别谨慎,两天都没出现过。

第三天凌晨两点,他才出现在小区里,在楼上待了一会儿,拎了个包下楼,我和周庸开了两台车,离得特别远,轮流跟着他。发现他又去了旁边不远的另一个小区。第二天上午,他下了楼,开车到旧酒厂的一个排房,平房上挂了一个烟酒的牌子,他敲了敲门,有人打开门,把他让了进去。过了一会儿,大哥拎着个黑塑料袋出来了,之后开车走了。

我在车里坐了半小时,叫周庸在车里等着,我进屋去看看,要是二十分钟没出来,他就报警。

走到烟酒店门口,敲了敲门,里面有人问谁啊,我说买烟。一个六十来岁的老头,打开一半门,用身体挡住屋里,问我买啥烟,我说有万宝路爆珠么?他说没有,我说那来包大云吧。老头说行,把门关上进了屋,过了一分钟打开门,递给我包大云,拿出手机让我扫二维码，我付了25块钱给他。

回到车里，周庸奇怪："徐哥，你咋改抽大云了，你不一直抽万宝路么？"我说："你能不能抓住重点，我是为了买烟么，我是为了看看那店里咋回事。"周庸问我现在咋办。我说先围着这边转一圈。

石海路和新庄线中间的这片地区，有很多平房，不知道为啥一直没拆迁，但每栋的面积都不大，也就三十来平。我仔细观察了一下那个卖烟酒的平房，和其他平房并不相连，也没有后门。趁老头开门时我扫了一眼，屋里没其他人，就他自己，所以如果我和周庸冲进去，应该出不了什么意外情况，一个六十多岁的老头子，我俩完全能应付。

我跟周庸商量，说："等天黑人少的时候，咱俩敲门进去，你把大爷控制住，我看看他店里有啥问题。"周庸说："擦，这么不尊老爱幼么，大爷报警咋办？"我说："要没问题就赶紧跑，你还跑不过老头么？"周庸想了想，说："行吧。"

晚上七点多，街上人少，我让周庸去敲了门说买烟，趁大爷开门把他推进去，俩人冲进了屋里。屋里灯光很暗，就挂了一个黄光的灯泡，大爷骂骂咧咧地问我俩是谁，威胁说要报警。我在屋里扫了一圈，除了烟酒柜，还有三个大冰柜，我打开冰柜，里面全是冰淇淋，但隐约能看见冰淇淋下面有黑色的塑料袋。

我把冰淇淋都拿出来，从里面拽出一个挺沉的黑塑料袋，能看出里面是个圆型的物体。周庸说："擦，徐哥，不能是人头吧。"我没理他，打开塑料袋，里面一双眼睛瞪着我，整个头毛茸茸的——这不是人头，是个老虎的头。我又继续翻，在前两个冰柜里，找到了大半个老虎，还有四只熊掌。

只有第三个冰柜有点特殊，里面有半只人手，虽然冻着，但看样子是腐烂后才冻上的，肉都已经黑了。我问大爷人手怎么回事，他说他也不知道，这半只人手是他从老虎肚子里掏出来的，本来还有个眼珠子，被他扔公厕里冲走了。

他有个侄子特别喜欢动物，是开私人动物园的，一直赔钱，死去的动物按规定只能放焚化炉里面烧了。老头琢磨了一下，不如私下卖点钱，就跟侄子商量，把老虎、熊等一些值钱的动物尸体切割，放在他这儿卖，到手的钱俩人平分。那半只手和眼珠子，是他在分割侄子送来的老虎时发现的。而那个用死人张春来身份证的大哥，正是他侄子推荐，到老头这儿买虎骨的。

周庸问我："徐哥，私人能开动物园么？"我说："私人动物园挺多的，好像连南边那个挺大的动物园都是私人的，以前私人动物园的牌照很好拿，这些年不太好办了，很多人就办动植物园之类的牌照，也能开。"

我们让老头拿着虎头和半只人手，用手机录了份认罪的视频，然后带他上了车，去找他侄子。他侄子在燕市到望山的中间地带，开了个私人动物园，具体位置我就不细说了。

到了地方，我先让老头给他侄子打电话，把他约到动物园门口，再让老头骗他进车里，然后我和周庸按住他，把他绑了起来，用黑塑料袋套上头，又把车开到国道旁的小路，用了些不能细讲的手段，问他到底咋回事。园长说，自己开动物园一直赔钱，动物园里的老虎都快喂不起了，饿得精瘦，乍一瞅还以为是大黄狗呢。

前两年有人找到他，问能不能用动物园里的焚化炉，帮忙处理尸体，处理一具两万块钱。于是他就开始接起了这种活，慢慢找他的人越来越多，但焚化炉烧一次也花挺多钱，所以他就废物利用，把人肉分割后喂老虎和狼啥的，剩下难以处理的部分，比如颅骨啥的，再攒着一起焚化。

一只老虎进价也就三五万块钱，分割后能卖大几十万，这段时间他叔那边卖得挺好，他就故意整死了一只老虎，没想到肚子里还有尸体没消化完。

我问尸体哪天送来的，他说11日晚上，我把塑料袋摘下来，给他看赵义恒的照片，问：“是这个人么？”园长仔细看了两眼，点点头，说：“是。”我又拿出赵义恒父母的照片，问这俩人的尸体，是否也在他这儿处理了，他说没见过。周庸用手机给他看"张春来"的面部截图，问是不是这人把尸体送来的，他说不是，是一男一女，都挺年轻的。

我问有联系方式么，他说有个电话，我让他打给对方，说焚烧炉坏了，尸体没处理好，退钱让他们取走。园长打完电话，对面特别愤怒地答应了，三个多小时后，有人给园长打电话，让他开动物园的门。

我看了一眼动物园大门口，一辆奇瑞停在那。园长按我交代的，跟他们说焚烧炉又好了，可以处理了，对面骂骂咧咧地挂了电话。

我和周庸跟着这台奇瑞，到了川开堡外一个挺偏的理发店，看他们把车停在路边，走了进去。

然后我打电话给齐冰，跟她说清了这件事和理发店的地址，让她报警的时候和警方说我就是帮忙的好朋友，别说别的，之后和她一起，把老头和园长扭送到了公安局。等做完笔录出来，已经凌晨一点多了，齐冰问我："赵义恒的父母是不是也出事了，那个大哥到底是干啥的？"我说："我也没想明白呢，但你给我的钱就是找你男朋友，现在找着了，其他我就不管了，你要有消息可以告诉我一声。"

第二天下午，齐冰给我打电话，说赵义恒的父母找着了。"他爸喜欢在彩票店赌那种十分钟开奖的彩票，被人设局骗了，有人把假中奖彩票卖给他爸。因为他爸身上没那么多现金，'张春来'假装替他做担保，骗他签了一份房屋买卖合同，还有15万元购房款的收条，又办理了公证手续。然后假张春来将他爸告到法院，在骗取法院确认判决后，采取暴力手段霸占了房子。因为他经常干高利贷和追债的事，随身都带着假身份证，好随时跑路，现在用的这张'张春来'的身份证，就是从一个二手车商那买的。"

老赵房子被占，撵不走他，也不敢跟儿子说，就去市场买了二斤河豚，做成包子和菜，假装讨好，送去给"张春来"吃，实际是想毒死他。送完河豚大餐后，他和赵义恒他妈还关机出去玩，想制造不在场证明，让警方找不到他们。结果他们买的是人工养殖的无毒河豚，"张春来"吃完一点事儿没有，老夫妻俩自己吓得够呛，警察通过酒店的身份证登记找上门，还以为事发了呢，没想到是自己儿子死了。

赵义恒死得更奇怪,他喜欢在淘宝上看性感内衣的买家秀,发现有的姑娘不仅发自己穿性感内衣的照片,还留了联系方式,他受下半身驱动,联系了对方,并约好了时间,去那个理发店见面。到了地方,本来以为是色情场所,没想到对方仙人跳,先色诱他,然后对方男朋友冲进来捉奸,强行逼他办一张两万块钱的理发会员卡。他不同意,起了争执,对方失手拿剪子把他捅死了。

这事儿过去没两天,我和周庸去他家别墅小区附近一家店吃烤鹅,吃完出门时看见齐冰挽着一个男性的胳膊,俩人还当众亲吻。周庸说:"擦,徐哥,这姑娘找新对象的速度比我还快啊。"我说明天再约她聊聊,复盘一下这事儿。

第二天上午,我约齐冰在夜行者俱乐部的星巴克见面,聊天时假装手机没电,借她的手机给周庸打电话,装作要说点私密的,出门看了一眼她的淘宝。我发现在赵义恒出事之前,她发给过赵义恒很多性感内衣的链接,每件内衣的买家秀里,都有那个仙人跳的联系方式。

和她分开之后,我和周庸聊了这事儿。

周庸说:"徐哥,是不是齐冰找了新男朋友,想和赵义恒分手,故意引诱赵义恒出轨,然后借机分手,结果意外出事了?"我说:"和杀人的事儿没关系就行,尽量别把人往坏了想。"

WARNING
如何分辨高利贷和借了高利贷怎么办？

1. 借款年化利率超过年化36%的民间借贷就是高利贷。
2. 借贷利率在合法的24%以内，但会额外征收担保费、管理费的也是高利贷。
3. 不到万不得已，千万、千万不要借高利贷。
4. 放高利贷本身是违法的，但身为普通老百姓，往往惹不起放贷者。
5. 看到催收人员来了，能躲就躲，千万别正面硬刚。
6. 实在躲不了，就选择报警，先保护自身安全。
7. 被堵住了，就低头认错，好汉不吃眼前亏。
8. 抓紧赚钱，尽快还贷，此生不再染指高利贷。

05

疯狂粉丝的追星路：
收集明星用过的物品，还给他们下药

事件：男明星物品及体液遭盗事件
时间：2020年4月12日
信息来源：经纪人
支出：周庸
收入：待售中
执行情况：完结

夜行实录：床底的陌生人

2019年12月，我帮一个年轻男明星追回了被偷拍的视频，本来以为这事儿完了。结果2020年4月12日下午，他的经纪人又联系我，说他们公司有个艺人，最近身边发生了一些怪事，怀疑是被人下蛊下降头了什么的，想找我调查一下。

我说："您找错人了，这应该去和正宫找俩大师看看。"他说大师已经找了，但还想知道是谁用心这么恶毒，想要害人。我说："咱先不说整那神叨的到底有用没用，毕竟我不是个私家侦探，这行在咱国内也不合法，要不您先在电话里跟我说说到底啥情况，我再决定接不接。"他转过来1000块钱，说："电话里聊不安全，要不你一会儿来一趟我们这儿，不管成不成，这些就算油钱了。"我点击领取，说："成，我刷个牙就过去。"

他用微信分享了一个地址，市内的一个别墅小区，说是当事人的家。洗漱完，我给周庸打了个电话，说了一下情况。他问我哪个明星，我说不知道，对方还没说，让他收拾收拾，拿上录音笔什么的，和我一起去。

明星住的地方离周庸家不远，我到的时候，他已经在大门口等着，靠着车，口罩拉到下巴上抽烟。我给经纪人打了个电话，让他和保安说了一声。和周庸扫了二维码，登记了个人信息后，保安放我俩进去了。

把车停在明星家门口的路上，我和周庸下了车，周庸四处扫了几眼，说："这小区环境真不错嘿，还有一这么大的人工湖，回头我也应该跟这儿整套房子。"我说："你给我滚犊子，别在我跟前炫富。"

按了门铃后，有过一面之缘的那经纪人给我俩开了门，说稍等，拿出个电子测温仪给我俩量了体温，又给了酒精湿巾擦手，才把我俩让进去。我问用不用换拖鞋，经纪人说不用，指着门口一个像电饭煲的机器说："把脚放上去，它会自动给你套一次性鞋套。"

我和周庸套上塑料鞋套，跟着他进了屋，来到一个欧式装修风格的会客厅，里面坐了两个四十来岁的中年男性，看见我俩进来，站起来握了握手。经纪人给我递了瓶巴黎水，我说谢谢，问他正主不来么？周庸凑过来小声说："徐哥，坐你对面左手边那个，就是个明星，演过挺多电视剧。"

我对国内的明星，不是特别熟悉，小时候我表姐说她喜欢佟大为，在长达十五年的时间里，我一直都以为她喜欢的是吴大维。初中时，同桌的姑娘拿着她心爱的明信片送给我，说："这上面印的是Twins。"我说："你可别逗了，她俩长得一点也不像啊，异卵双

夜行实录：床底的陌生人

胞胎啊？"这主要源于我上小学时，我爷去世，我爸为了守孝，规定家里三年不能开电视，结果意外养成了我不爱看电视爱看书的好习惯。后来大一点，看的也基本都是国外的电影电视剧，国内的除了几个喜欢的导演和演员，基本都不太认识。

我说："不好意思，既然人齐了，咱也别客气了，直接聊聊怎么个情况吧。"

经纪人掏出手机，给我看了段视频，视频里有好几个人，乱哄哄的，有人一只手拿着一袋儿灰色的像土又像煤块的东西，说这是在床底下发现的。然后又有人喊，说床头后还有东西，又掏出了一个鸡蛋，上面画着红色的符咒，鸡蛋上有个小孔，有人把鸡蛋打碎，里面是一把大米。

经纪人跟我说，这都是4月5日在和光附近的一个五星级酒店发现的。这个明星晚上睡觉时，觉得特别不舒服，有鬼压床的感觉。起床后，他找了身边的工作人员进屋检查，在屋里发现了这些东西。和正宫的大师来看完，说是有人给他下蛊了，但具体是啥蛊说得模棱两可，最后给他做了一通法。他还是不放心，于是搬回家住，并联系人调查，然后就找到我头上了。

我仔细看了几遍视频，问东西还在么。他说在，但不敢拿着，放到别人那了。我说让人送过来给我看一眼。过了半小时，有人按门铃，经纪人去开门，拿回两个小袋子给我。我拎起来看了一眼，递给周庸，他也看了一会儿，说："徐哥，这鸡蛋壳我知道是什么，这看着像土又不是土的东西是什么玩意？"我说这是种中药，叫血余炭，就是把一个人的头发，洗干净晒干，再焖煅成碳。周庸让我别说了，说："太恶心了，这玩意能往嘴里灌，咋想的？"我说这几样东西加起来，有点像东南亚的一种邪术，马来西亚有一种叫"峇旺"的降头术，喜欢用鸡蛋和头发啥的，目的是让对方爱上自己。周庸问我真好使么？我说，纯扯犊子。

我问经纪人，他们发现这些东西后，是否报警或者管酒店要监控了？他说没有，当时一急就忘了，而且这事儿闹大了不太好，容易占用公共资源。我问明星结婚了么，他说结了。我说："问个冒犯点的问题，你有没有什么婚姻之外的感情，然后对方还特想和你结婚什么的？"他说那没有。

我又问他，那这几年是否遇到过狂热粉丝，私生饭之类的。他说狂热粉丝一直都有，但之前一直没出过这样的事，他现在更怀疑是人为的灵异事件。因为很长一段时间，他一直不是特别舒服，晚上睡觉也经常有鬼压床的情况出现。最吓人的一次，是他在横店拍一场夜戏，晚上回酒店洗澡时，发现浴室里没有沐浴露，他喊助理去他包里拿，"助理"隔门递给了他。第二天他睡醒，和助理聊起这事儿，说以后住酒店，先把洗漱用品摆到洗手间，省得用时现找。助理懵了，说："×哥，我昨天很早就回自己屋了，没给你递过沐浴露啊。"他把当天跟着他的三个工作人员都问了一遍，没人给他递过沐浴露。

从明星家里出来，我俩绕着小区里的湖走圈抽烟。周庸问我："徐哥，他们为啥不报警？现在咋一个个的都怕占用公共资源啊，按我理解，胡同里的公厕才叫公共资源。"我说："公共资源就是可以上网骂人，现在人戾气太重，现实里有很多不满发泄不出去，

夜行实录：床底的陌生人

总要上网找个人骂。谁被骂得多，谁就是占用了公共资源，不想占用公共资源的意思，就是'求求你们别骂我了'。他不报警不调监控，有很多可能，举个例子，要是那天晚上他带别人回房间了呢？监控一调，警方一查，啥都被人知道了，他以后还混不混了。"周庸说："懂了，这事儿咱能查么？"我说："给40万呢，10万定金，不能也得能啊。"

第二天上午，我让周庸穿了件黑扣的衬衫，并拆了他衬衫上的一个扣子，换成纽扣摄像机，然后我俩开车去了和光附近的那家酒店。

把车停到地下停车场，乘电梯上了一层，大堂有个姑娘拦着，让我俩先登记，我登记完拽着姑娘闲扯了几句，问最近生意怎么样啥的。周庸趁这个机会，快速把登记本翻到了4月5日，用纽扣摄像机拍下了当天所有来酒店的人。好在疫情期间，住酒店的人不多，总共就两页纸，我们还在里面发现了雇佣我们的明星以及他助理的身份证和手机号。

等周庸登记完，我俩来到前台，指定要订那天明星住过的那间套房，说之前住过那间，挺舒服的，问还在不在。前台查了一下，说还在，周庸刷了4500块钱后，她登记了我俩的身份证，给了两张房卡，叫来一个服务员，送我俩上楼。服务员把我们送到8楼的房间门口，忽然问了周庸一句："哥，你是演员么？"周庸说："不是，咋了？"他说："没咋，看你长得挺精神。"

进了屋，我从包里拿出电子扫描仪检查了一下，没发现有摄像头什么的，又叫周庸一起把床挪开，床底下和后面也什么都没有。

这说明一件事，不管那些东西是在明星入住前还是入住后放进来的，应该都是针对他，和其他客人无关。

我又和明星的经纪人确认了一下，他们入住那天，是当晚才订的房，不可能有人提前一天放东西进去。所以我决定用周庸的微信号，添加4月5号进入酒店的51个人，看有没有什么线索。

我之前调查过很多起电信诈骗，他们加陌生人微信时，用得最多的一句话是："找你有事。"大部分的人看到这句话时，都会通过验证，所以我让周庸也通过手机号，搜到那51个人，给他们发送了"找你有事"。很快，就有37个人通过了验证。在这37个人里，有一个姑娘的头像，正是请我们调查的那个男明星。

我用一个收费的社工库，查询了这姑娘手机号的关联信息，找到了她微博、贴吧、豆瓣的账号。每一个账号上，都有大量关于那个明星的点赞、转发和文章。周庸说："徐哥，这姑娘肯定有问题，我现在联系她么？"

我让他先别动，然后快速浏览这姑娘各个账号的信息，发现她去年参加过这个明星的生日会。我给明星的经纪人打了个电话，说能不能让明星或者他的工作室现在发条微博，说最近会抽一些老粉丝送神秘福利。他和明星商量了一下，说行。过了一会儿发微信给我：发完了，用工作室账号发的。

我把周庸手机拿过来，给这姑娘发微信：你好，我是×××工作室的工作人员。最近疫情一直很严重，×××心系粉丝，想给去年参加过他生日会的粉丝一份防疫小礼包，里面有些口罩、酒精湿巾什么的，不知道你是否方便告知一下地址，我好给你邮过去。这姑娘很激动，很快回复说：好好好。然后把地址发了过来，是月亮港附近的一个小区。

我和周庸找了几个口罩和酒精湿巾，在网上找了那明星的签名，模仿他的字迹在口罩上签了字，用一个纸盒装好，打印了一张快递单号，贴在纸盒上。

第二天上午，我俩开车去这姑娘家，进小区的时候被保安拦住了，只好在小区门口给她打电话，说快递到了，让她下来取一下。过了一会儿，一个身高不高，戴着黑框眼镜的长发姑娘出来了，看周庸手里拿个盒子，问是不是三单元1712的快递。周庸说对，她看了周庸两眼，把快递拿走，转身回了小区。

我和周庸回到车里抽烟，他问我接下来咋办，我说得想办法混进去。周庸说："要不咱伪造个出入证？"我说："你是不是傻，现在伪造出入证被发现，最次也是行拘。咱就简单点，翻个墙吧。"

去月亮港附近吃了顿粥底火锅，我俩又回到小区门口，在车里蹲点，一直到晚上，那姑娘也没出来。

周庸说："徐哥，现在疫情虽然有所缓解，但还算是疫情期间，大家平时都不咋出门，别咱跟这儿待了半个月，人都没出来。"我说那咋整？周庸说："你看这样行不行，我还伪装成那个明星工作室的工作人员，约她出来，说帮忙填一份调查问卷，顺便聊聊粉丝们对×××的看法。"我说："行，有进步啊，你去做份调查问卷去吧。"

周庸拿电脑鼓捣了俩小时，连抄带编的，整出有100个问题的大问卷，回家打印了出来——绝对够那姑娘填半小时的。然后他打电话，把这姑娘约到了月亮港的星巴克。

我趁着没人注意，翻墙进了小区，来到三单元1712，敲了五分钟门，又用猫眼反窥镜看了屋里，确定屋里没人，从背包里拿出开锁工具，花五分钟时间开了锁。时间有点紧，进屋之后，我快速绕着这个一室一厅扫了一圈，姑娘的屋里墙上贴满了×××的照片，连抱枕和枕套上，印的也都是×××。

确定屋里没有监控后，我走到客厅角落的台式电脑边，打开后发现有开机密码。我打算采取CMOS放电的方法——打开工具箱，拆开主机箱，然后拆下了主板上的电池，过十分钟又装了回去，把机箱装好再开机，密码就被清除了。这个方法不影响硬盘里存储的内容，我打开这姑娘的硬盘，在E盘一个叫"挚爱"的文件夹里，找到了一些令人毛骨悚然的东西。

这个文件夹里，全是雇我调查的那个男明星×××睡觉的照片和视频。我抽着看了两个，在×××睡觉时，这姑娘把头靠在他的胸口上，抚摸他的脸，但每次，×××都没醒，明显不是正常状态。而这姑娘视频播放器的播放记录里，全都是×××的视频，根本就没看过别的。

我掏出U盘，把这些视频都存起来，关了机，又在屋里翻了一圈。在床头柜里，我找到一个箱子，里面全是垃圾和男性用品，有用过的纸杯、袜子，甚至有穿过的内裤。我没敢伸手碰，拍了几张照，发给×××的经纪人，让他问问，这些东西是不是×××的。

除了这些来历不明的"周边"，还有一个像对讲机一样的电子

夜行实录：床底的陌生人

设备，上面有几根天线——我仔细看了很久，确定它是一个便携式的电磁干扰器。它是用来开电子门锁的。好的电子门锁，在出厂之前都要接受电磁干扰测试，但很多酒店的客房考虑到成本问题，不会用跟家里一样高级的电子门锁，所以很容易被电磁干扰器打开。怪不得×××说自己晚上总是感觉鬼压床，我觉得这比鬼压床还可怕。

这时候，周庸给我发微信，说他那边完事了，让我赶紧撤。

我把所有东西都恢复原位，开门下楼，出了小区，看到周庸开着车在马路对面等我。我四处打量了一下，没见到那姑娘的影子，赶紧上了车，把U盘插到电脑里，导入视频和照片，然后播放给周庸看。周庸都吓懵了，说："这也太惊悚了，我鸡皮疙瘩都起来了，咱赶紧去交差吧。"

我联系了×××的经纪人后，让周庸开车，去了别墅小区。在路上，我把每个视频都点开倒着看了一下，发现了一点奇怪的地方。这些视频里，并没有和光附近的那个酒店，是因为还没来得及传进电脑里么？不应该啊，已经过去十来天了。

我给经纪人看完这些后，他也懵了，问我现在应该咋办？我说要不然报警吧。他犹豫了一会儿，说："不行，这影响也太不好了。"我说："那你就约这姑娘出来，咱聊聊怎么和平解决。"他说："带×××一起聊么？"我说："别了还是，再给他干出心理阴影。"他说："行，都听你的。"我们又去和光附近的那家酒店开了间房，以×××经纪人的名义，把这姑娘约了过来。

等姑娘到这儿，我给她放了视频，说："麻烦你把视频删了,以后不要做这样的事儿了,否则我们就报警。"姑娘瞪了我一眼,说:"我跟你们聊得着么?×××呢,让他和我谈。"我说:"你死心吧,他不可能见你。"但不管我们咋说咋威胁,这姑娘就是不搭茬,只说要和×××谈。我们没有办法,经纪人只好联系×××,让他过来聊聊。

等×××到了,这姑娘就要往他怀里扎,我们赶紧拦住,她又挠又咬的。我说:"你再这样,×××就走了。"姑娘安静下来,说:"你终于注意到我了,你知道么,我跟着你住过好多地方,每次都等在楼下,一个一个地数啊,数到你的房间,等你熄灯了就去找你。有次你洗澡时没有沐浴露,干喊人不来,还是我给你递的。"

我看×××有点哆嗦,问这姑娘,为什么每次她去×××的房间里,×××都没醒?姑娘笑了,看着×××说:"我知道你爱喝气泡水和苏打水,每次你房间里的巴黎水和圣培露,你以为都是酒店送的么?"我问她是不是在水里下安眠药了。她看我一眼,没吱声。我又问蛊是不是她下的。

这姑娘一下懵住了,说什么蛊?我给她看照片,问:"这些不是你干的么?"这姑娘忽然又疯了,说:"竟然有人给你下蛊,我杀了她,我杀了她!"周庸说:"你还装屁啊,不是你还有谁?"

这姑娘说:"我这么爱×××,怎么可能骗他。我有一个从网上买的开门的东西,有的酒店门能打开,有的酒店门打不开,像横店的酒店,很多都能打开,燕市的好酒店能打开的就少。×××住在这个酒店的时候,我只是在门口晃了几圈,根本就没进来。"我走到门口，看了一眼电子锁的牌子，上网查了一下，这是个德国牌子，经受过电磁干扰测试，再想起这姑娘拍的视频里，并没有在这个房间的。那天她真没进来过，那个画着符咒的鸡蛋，那袋用头发做成的血余炭，都不是她放的，而是另一个人。

经纪人看了我一眼，问我现在咋办。我让他先别慌，转头问这个姑娘："×××的住店信息什么的，都是从哪儿得来的？"她说是在QQ上买的，飞机、高铁信息20块钱一条，住店信息50块钱一条。除此之外，那些人还会卖一些明星的周边产品，她箱子里那些东西，有些是自己偷的，有些是从对方手里买的。我管她要了那人的QQ，加了对方，和经纪人商量了一下，还是把这姑娘送去了警局。

我让周庸用他的QQ，加了姑娘给我的QQ，那是一个叫"妖妖车"的人，对方通过了我的验证，问我是谁介绍的。我说了这姑娘的QQ名，他查了一下，说好，问我想买点啥。我让周庸给他发了个100块钱的红包，说："你这儿都有啥，有什么特别牛逼的东西么？"他收了红包，说谢谢老板打赏，问我是要男明星还是女明星的。

我说女明星的吧，"妖妖车"发过来一个RAR格式的压缩文档，我去App Store下了个解压文件的App，解压了这个文档，里面有200来张图片，涉及三四十个女明星的私人用品，从用过的牙刷到穿过的内衣，什么都有。

我问他为啥不拉个QQ群卖，让人竞价。他说不行，拉过，后来解散了。一是太危险，怕有人混进来调查曝光，不如单对单安全；

二是很多人买不起就骂人，甚至还互骂，在群里骂得可难听了，都是年纪轻轻的小姑娘小伙子，不知道从哪儿学了这么多骂人的话。

为了取得他的信任，我一直夸他卖的东西牛逼，并让周庸买了一个3000块钱、某女明星用过的牙刷。然后问他保真么？他说必须的，各地的酒店和摄影棚，都有他们的人。我问他："我想给女明星床底下点蛊什么的，能不能弄？"他说那不行，他们没这个业务，趁着对方退房后或者在棚里拍完广告，拿点东西，没人发现，要是往里面放东西，容易出事。

我又试探了几句，并给出高价钱，他都没同意，我给经纪人看聊天记录，说看来也不是他干的，然后让经纪人以公司的名义报警，举报了这个卖东西的。经纪人彻底懵了，说很多年轻靠脸吃饭的明星，在退房的时候，助理都会把垃圾和用过的东西打包带走处理。他有次见一个年轻女明星的助理，带了一个像枪一样的皮撅子，问对方随身带这玩意儿干嘛。助理告诉他，有些用过的东西要冲进马桶销毁，防止有人偷拿去卖。但他以为这都是小花小鲜肉们会遇到的问题，没想到×××四十多岁，也会遇到这种事儿。

周庸说："您先别想这没用的了，咱先研究研究，这蛊到底是谁下的？"经纪人说："要不然先把×××送回去吧，咱再细聊。"我说行。

等×××带着助理离开，我说："咱摊开了说吧，你们那晚没报警也没调监控，应该是晚上有人进×××的房间了，怕被别人知道。这个人是男的还是女的，是不是明星，多大岁数，我都不关心。但你不告诉我，这事儿就断了，没法往下查了。"

夜行实录：床底的陌生人

经纪人犹豫了一会，让我们等着，出了门，过了半个多小时回来，让我和周庸签了份保密协议，确保不能和媒体啥的透露这个明星的姓名，以及相关的事。然后又搜了一下我们的身，确定没有录音录像设备，才跟我们说了实情。

那天晚上×××的房间里确实有别人，是个失足女孩。这个失足女孩，是一个在娱乐圈里非常著名的妈妈桑帮忙联系的，这么多年来，这个妈妈桑专做服务明星的活，手下有很多年轻貌美的姑娘。

我说懂了，就相当于国内的米歇尔·布劳恩——这个女人组织了一个以模特和年轻姑娘为主的卖淫团伙，专门给好莱坞明星提供性服务。很多享誉全球的男明星，都从她手里找过姑娘。

经纪人说对，差不多。我说："你现在能不能再找一次，然后我在这儿等着。"他说："啊？你想试试啊。"我说我调查，看有没有什么不对的地方。经纪人联系完后，说："房号发给她了，差不多半小时以后到，你在这儿等着，我俩先出去？"我说行，出去吧。周庸说："徐哥，要不然我替你来吧，你不擅长和女孩说话。"我让他滚。

过了半个多小时，房门被敲响，我打开门，是个穿一身黑长裙的姑娘，外面披着件北面的外套，身高得有一米七多，皮肤很白，确实好看。她看见我有点惊讶，说："啊，听说是×××的经纪人联系的，我还以为是他。"我说："我是他朋友，你先进来吧，在门口让人看见不好。"

姑娘进屋和我聊了几句，就去浴室洗澡了。我趁这时候，去翻了一下她的挎包，里面有湿巾和避孕套，还有一个黑色的20厘米×9厘米左右的白色盒子，上面有个屏幕，显示着5度。我打开盒子，里面一股冷气——这是个胰岛素冷藏盒，专门用来随身携带胰岛素的。难道这姑娘有糖尿病？不应该啊，盒子里面没有胰岛素，只有一个粉盖的小杯。

我又检查了一下避孕套，发现个奇怪的事——这盒冈本是假的，没有防伪码和生产日期，外包装印得也很粗糙。撕开一个，我发现这个套内外，基本没有润滑剂。为什么这么高端的服务，要用这种劣质假避孕套？

这时候我听见卫生间水关了，我赶紧把东西塞回去，合上包。姑娘穿着浴袍出来，走到我面前，我说："那什么，我今天有点不方便。"姑娘有点懵，说男的也有不方便的时候？我说："不是，今天的钱照付，我不做了，都是×××要给我找，其实我不想找，我身体有点问题。"她说："要不然我帮帮你吧，"我说："你就别伤我自尊了，就当什么都做了，别告诉×××。"

姑娘说："行吧，我能用一下吹风机么？"我说随便，等姑娘吹完头发穿好衣服下楼，我打电话给周庸，让他开车跟上。周庸说成。

过了一会儿，他打电话给我，说对方在利莱商业街附近的五星级酒店，又接了一姑娘，之后他们出了商业街，沿着水钟桥一直往南走，下桥后到了新庄线附近的一个小区门口，司机下车后拿着一个白色的盒子进去了。我说那是个便携的冷藏箱，让周庸下车跟着他。

周庸下车跟上司机,发现他去了小区里的一家药店,和里面的人说了几句话,拿着冷藏箱一起去了里屋。然后司机开车分别把姑娘送到了两个小区,应该是她们住的地方。

我和周庸开始了为期两天的蹲点,一直监视着这家药店,发现总有年轻、长得还不错的男性进进出出,我怀疑这是个卖淫场所。第二天下午,我拦住了一个人,说:"哥们,你也是来那啥的吧,里面多少钱一次?"他说:"给我是3000。"我说:"你做这事儿没心理障碍么?"他说:"有啥障碍,捐个精,撸一管,孩子又不归我管。"

我终于知道了,这是个地下精子黑银行——那些失足姑娘之所以用没有润滑剂的套,不是因为图便宜,而是因为她们要收集明星的精子,怕润滑剂破坏里面的成分。而便携的冷藏箱,和粉盖的小杯子,是用来保存精子的。长相出众的明星的精子,应该可以在地下黑市卖特别高的价钱。

当天下午,我找到×××的经纪人,把这事儿和他说了。他打电话给妈妈桑,问她是不是在为地下精子黑银行服务,收集男明星的那什么。还问她,那个蛊,是不是她手下的姑娘下的?妈妈桑害怕这事儿被传出去,大家都联合起来报复她,就全都交代了。

她是在和对方合作,收集男明星的那什么,然后卖高价,而那个蛊是另一个和×××岁数差不多、戏路差不多的男明星塞给她钱,让她放的。经纪人恳求我说先别报警什么的,让他们来处理这件事。我说:"我等你三天,你们要处理不了我就报警。"

三天后,那个地下精子银行被端掉了。经纪人和我说,在客户登记的名单上,发现了一直跟踪×××的那个女孩。我问那这姑娘怀孕成功了么?他说还好没有,偷卖明星物品的那个团伙也被打掉了,和光附近的那家酒店,也有个人参与了。我看了他发来的照片,是那天带我们去房间时问周庸是不是明星的那个服务员。

4月27号,周庸收到了一个包裹,里面是一把某女明星用过的牙刷,在5月1日燕市正式执行垃圾分类之前,他赶紧扔进了小区垃圾箱。

夜行实录：床底的陌生人

WARNING
如何避免迷恋别人

我们做不到，爱是盲目的，只是千万不要在物理上伤害自己。

06

独居女孩不要随便出远门，
你家可能会住进几个陌生男人

事件：男子为黑贷款假死被偷渡者杀害事件
时间：2018年6月9日
信息来源：田静
支出：637元
收入：待售中
执行情况：完结

夜行实录：床底的陌生人

2018年6月9日下午，我的朋友田静发微信给我，说她有个叫高丽娜的朋友，最近遇到一件挺诡异的事儿，问我能不能帮帮忙，对方愿意出6万块钱，找我调查一下。

我问，男的女的啊，关系咋样？她说都叫高丽娜了，肯定是女的啊，上大学的时候关系挺好的，毕业后高丽娜就去美国读研了，后来留在了美国的一个药物研究所搞药物研发。但高丽娜每隔两年会回燕市看看父母，每次回国都约她一起吃顿饭。我说："关系好行，关系不好这活儿就不接了，你先说说咋回事儿吧。"

田静说行，然后大概给我讲了一下。

高丽娜她爸，二十多天前，因为血栓猝死了，她虽然急忙买机票回燕市，但也花了快两天的时间，到家的时候，葬礼都办完了，人已经埋在郊区的公墓。她安慰了她妈妈几天，寻思把家里的老房子卖了，带妈妈到美国去生活，省得总触景生情，再一个也方便照顾妈妈。但就在高丽娜给妈妈办完签证，俩人在燕市的临安机场候机，准备去美国时，高丽娜接到一个电话，差点儿没把她吓死。

那是一个显示为"未知"的来电，高丽娜一开始以为是骚扰电话，就给挂了——她这电话只在回国时用，两年才开一回机，只有几个熟悉的亲戚朋友知道电话号码，但也不会给她打。但不到一分钟，这未知电话又打来了，她就接了起来。结果电话那头，传来了一个高丽娜非常熟悉的声音——她死去半个多月的爸爸的声音，还叫了她的小名，说："娜娜，爸留给你和你妈的钱，可千万不能乱花啊，一定要好好留着。"

高丽娜当时吓懵了，浑身哆嗦哗哗淌汗，一句话都说不出来，那头也没多说，说完这几句就挂了，她再打回去，发现对方已经关机了。她没敢和她妈妈说，怕把妈妈直接吓得跟着她爸一起走了，便装作啥事儿都没发生，带她妈回了美国。但到了美国后，高丽娜越想越害怕，知道田静以前是做记者的，就联系了她，问能不能帮忙找个人调查一下。田静答应下来后，找了我。

我说："真别说，这事儿是挺吓人，别说高丽娜了，我听你讲到她爸火化后还来了个电话那段，心里都一激灵。"田静说："你别装，这活儿你接不接？"我说："接接接，你让她今晚联系我吧，正好我晚上不睡觉，时差对上了。"田静给我和高丽娜拉了个微信群，晚上十一点多，高丽娜在群里打了个招呼，加了我微信，客气了几句后，我说："你方不方便，要不然咱俩语音电话吧，有点事儿想问你。"高丽娜说："方便，您稍等，我妈在旁边呢，我回卧室去给您打。"

过了两分钟，她打了过来。我告诉她，现在我推测可能有四种

夜行实录：床底的陌生人

情况：1.她爸没死；2.灵异事件；3.电信诈骗，但对方声音和她爸一样，还知道她的小名，也没要钱，技术手段上有点难；4.她得罪人了，有人要搞她。前两种不太可能，后两种有点可能。

"你接的那个电话，来电显示是未知，应该是个没法追踪的网络电话，网络电话可以伪装成任何地区的任何电话号码，而且只能外呼不能接听。所以从电话上找线索没希望了。给你打电话的人，如果是用深度伪造技术，合成了你爸的声音，一定要有很多你爸的音源才行，如果不是熟人刻意录的，就是你爸的手机被装了木马病毒软件了。所以你跟你妈妈打听打听，你家得罪过什么人没，或者有没有什么关系差的亲戚朋友，然后把你爸的手机快递给我检查下。"

高丽娜说："行，但我爸的手机我没带到美国，放在燕市的家里，要不然我把钥匙给你，你直接进去拿吧。"我说："成啊，你放心就行。"她说没啥不放心的，家里也没啥玩意，高丽娜还说用快递太慢，她看看这几天有没有回国的留学生或华人啥的，让人帮忙带回去。

6月13日中午，高丽娜托朋友的朋友，把钥匙带了回来，那人还要转机，所以我叫上我的助手周庸，一起去机场取了钥匙，然后又开车到了高丽娜家，她家在东顺区北坪小区。

按照高丽娜给的地址，找到13栋七楼，我打算拿钥匙开门进屋时，周庸忽然拦住我，说："徐哥，咱俩是不是找错门了？"我说："不能吧。"他说："不对劲，屋里有说话的声音。"我趴在门上仔细听了一下，屋里还真有声，好像还不止一个人，说的不是中文，也不是英语，是种我听不太懂的语言。

可能真找错了，我和周庸坐电梯下了楼，又问又找地走了一圈，确定了一件事——屋里有人说话那家，就是高丽娜家。我让周庸在小区对面的便利店买了本子和笔，再次上楼。周庸把笔和本子拿在手上，使劲敲了敲门，大喊了一声："查水表！"里面的说话声咔一下就停了，周庸又敲了敲门，里面没人应声，也没人出来开门。

为了装得真一点，我和周庸把三家邻居的门也敲了，真有一家有人，是个老太太。我俩进屋看了下水表，说今天就记个数，不收钱，给老太太整一愣。周庸问老太太有微信么？老太太说没有，我说："那我们留您个电话吧，有什么事儿通知您。"她说得嘞，大声读了一遍她的老年机号码，还夸了周庸一句，说小伙子长得真精神嘿。

我俩记下号码，下了楼后，周庸给老太太打了个电话，说："大妈，我是刚才去您家查水表的那个精神小伙。其实我不是查水表的，我是您隔壁701老高家的亲戚，他们家老爷子去世后，老太太不是和闺女出国了么，托我偶尔来给他们看看房子。今天我一来，发现他家好像住人了，您知道是什么情况么？"大妈说："不知道，但他们那屋这几天特吵，我还琢磨呢，挺多年邻居了，人家可能正伤心呢，咱也不能为这点事儿找人家去啊，吵就吵点吧。"周庸说："那人妈您先别管了，也别上门去找，这事儿我来处理吧。"

挂了电话，他说："徐哥，咱接下来咋整？"我说先回去拿点设备吧。我俩去了趟我家，拿了点监听监控的东西，等到凌晨两点，高丽娜家熄灯一个多小时后，步行上楼，把针孔摄像机安在了走廊的电箱里，正对着701的门。然后我俩下了楼，用手机看着走廊的监控，第二天上午十一点，有四个黑人打开门，从高丽娜家走了出来。

周庸都懵了，说："我去，这什么情况，咋还跨国了呢，这不能是假装高丽娜爸爸打电话的人吧，那也太那什么了？实在想不出这几个黑哥们儿说话声和燕市的老大爷一样，是种什么感觉。"我说这几个哥们应该是非洲来的，不是发达国家的黑人。这不是种族歧视，非洲的黑人和美国、欧洲之类的黑人从体型和样貌上，多少有点区别，非洲的黑人更瘦更黑，发达国家的黑人要壮很多，穿着打扮和肢体动作，区别也比较大。

这几个黑哥们儿在走廊说了几句话，我问周庸有没有学小语种的朋友，帮忙问一下这是什么语言。周庸说没问题，他认识好几个外国语学院的姑娘。他把这段视频发给那几个姑娘后，很快收到了回复。大家意见很统一，都说是有非洲口音的法语，具体哪个国家说不清楚，因为非洲说法语的国家太多了。

我和周庸观察了这四个哥们几天，发现屋里应该就他们四个人，没有其他人了。在我和周庸商量，是找个翻译跟他们谈谈，还是直接报警，让警察和他们谈的时候，我发现一件怪事儿——除了我，还有人在监视这四个黑人。

6月18日，我和周庸照常检查监控视频的时候，发现有一个穿着米色夹克的哥们，坐电梯上到七楼，四周看一眼，发现没人，从包里掏出一个猫眼反窥镜，对准猫眼，看了屋子里半天。他几乎每天都来，几个黑人出门买吃的时候，他也跟在后面，不知道要干啥。

这几个黑人只在附近活动，跟着没啥意思，我决定跟一下这个跟踪黑人的人，看看有啥线索。

夹克大哥开了台雅阁，我和周庸跟着他，到了宋臣庄附近的一个四层办公楼，跟着他进了门，看他进了三楼一家挺大的信贷资质查询公司。周庸完全懵了，说："徐哥，他是要调查那几个非洲人贷不贷款么？"我说："不是，这家公司我听说过，虽然挂着信贷公司的牌子，但其实是个挺有名的追债公司。追债公司不是那么合法，所以很多都是注册其他金融相关业务的公司，但干追债的活。"周庸说："非洲人欠钱了？"我说："不知道，咱可以进去问问，探探风。"

我俩进了咨询公司，前台姑娘问我们有预约么，我说没有，直接来的。她把我俩领到一个小隔间，倒了两杯水，说："稍等，我叫我们经理过来。"过了一会儿，一个穿黑西服的人进屋，问我俩要办什么业务，我说："要追债，有人欠我钱不还。"他说："是这样，我们这儿有两种方式，一种是直接替你要债，需要你交一笔定金，要完后付尾款，尾款有一个上下浮动空间，如果我们要得比较顺利，就少收一些，如果不顺利就多收一些；第二种方式是在检验您这合同没问题，对方也有能力偿还，但就是赖账的情况下，您把债券按半价或六折卖给我们，直接拿钱走，然后债务关系就变成我们和他的了。"

我说："这个你让我考虑考虑，我先说说我想要债的这个人的情况，你给我判断一下，费劲不费劲。"他说："行，你说。"我说了高丽娜爸爸的名字，然后说了她家住址，说："这人已经死了，现在老伴和闺女都在美国，他欠我一百万，怎么办。"

这个穿西服的哥们忽然站起来，说："你们稍等两分钟，我有个同事擅长这种，你们和他聊。"趁他出门时，我把兜里的窃听器拿出来，用口香糖粘在了桌子底下。

没多大一会儿，那个夹克大哥就进了门，西服男给我们介绍了一下，说："这是赵洋，我们的追债专家，把你知道的信息和他说一说。"接下来半小时，赵洋一直在问我高丽娜和她家的事儿，他对我的"债务"好像不咋感兴趣，问的都是高家人的一些信息。我半真半假地说了点，他们全都记下来，最后让我回去等消息，他们开会商量一下。

他们把我和周庸送出了门，又回到会议室聊起来，穿西服的问赵洋："是果然贷那家么？"赵洋说："是，你站窗户那儿看一眼，看他们出门没有，出门了我赶紧下楼跟着，别让他们去找别的追债公司。"

我听着他们的对话，让周庸等一会儿，站车边抽了根烟，等看见赵洋从楼上下来，我俩才上了车。在车上的时候，我用手机查了下果然贷，是上个月爆雷的P2P公司。过了两分钟，周庸说："徐哥，雅阁跟上来了。"我说妥了，在高德上查了另一家地址在文册路的比较大的追债公司，开车往那儿走，到了地方停下车准备进去，赵洋从后边冲过来，假装偶遇，说过来这边办事，并告诉我这家公司不靠谱。

周庸说:"要不然我们请你吃饭,你好好给我俩讲讲。"赵洋说行,我说那就开我们的车,一起去平江附近吃点东西。我们一直开到了平江西路,那有一段没路灯的辅路,每天晚上都有人在这车震,不管车发出多大的震动,都没有人注意。

周庸把车开进辅路停下时,赵洋感觉不对劲了,但我和周庸下车一左一右把他按在了后座,他试图挣扎,但肯定敌不过我俩。他嗷嗷喊也没人管,因为来这儿的人不是路过,就是很忙。

脑袋上被套个塑料袋后,赵洋就老实不挣扎了,问我俩是啥人。我说:"那你管不着,高丽娜家是咋回事,为啥和果然贷有关系?"具体用啥手段,我就不细说了,但最后赵洋基本上都交代了。

他们和很多P2P公司有合作业务,帮着追债,果然贷就是其中一家。上个月,果然贷的人找到他,说有一笔1500万的钱不见了,想让他们帮忙追回来。但资料刚发过来,合同还没签,定金还没交,果然贷就爆雷了,所有的中高层都被抓起来了。赵洋闲着没事,把资料看了,发现这里面操作空间很大。

果然贷当年就没想着好好干,找了一些老头老太太又送鸡蛋又送豆油的,从他们手里买了很多银行卡,用来转移骗来的钱,并找人分批取现金出来,这样不好追踪。高丽娜她爸,就把银行卡以800块钱加50个鸡蛋的价格,卖给了果然贷的业务员。但老头留了个心眼,这张卡连着手机银行,自从卖了银行卡,天天在银行门口转悠。那天发现卡里多出1500万后,马上进去把这张卡挂失补办了,

夜行实录：床底的陌生人

黑了这1500万人民币。

赵洋发现这事儿后，寻思去找高丽娜她爸，把这1500万要来，最不济也得分一半啊。但没想到，一到高丽娜家就发现，办上白事儿了，人没了。他怀疑人是不是假死，就一直监视着高丽娜家的房子，还跟着高丽娜和她妈去了机场，用深度伪造技术，合成了高丽娜她爸的声音，用网络电话给高丽娜打了个电话。

他打电话的时候，一直暗中观察高丽娜，还提起了钱的事儿，发现这姑娘吓懵了，脸色儿都白了，一直打哆嗦，才有点儿相信老头是真死了。但他不甘心，又监视了几天，发现一件怪事——有一个看着有点像印度人的面孔，带着几个黑人，住进了高丽娜家。赵洋感觉有点怪，就又盯了几天，然后我和周庸就出现了。

我问他，高丽娜她爸的声音拿什么合成的。他说追悼会上放了老头的录像，他把声音录下来了，回去用技术手段合成的——录像里他爸还提了女儿高丽娜的小名。周庸说："那你为啥不直接给高丽娜妈妈打电话？"赵洋说："嗐，我不是怕高丽娜把那钱花了么，她妈妈一个老太太，能花啥钱，再说万一把老人吓死，更要不着钱了，说不定还得摊事儿。"

我又问他咋知道高丽娜两年用一次的电话号码的。赵洋说是高丽娜爸爸留给果然贷的工作人员的，当时他们登记家属信息的时候，高丽娜正好在国内，她爸爸就留了她的联系方式。可能是预想到了，闺女会去美国，这帮人到时候找不到人，有联系方式也没用。

把赵洋放走后，周庸问我现在咋整，我说："赵洋刚才提到了一个印度人啥的，咱俩监视那几个黑人的时候，从来没见过。"周庸说："还真是。"我说："那咱再找找，我还是感觉这事儿有点不对劲。"

我和周庸又监视了一周，终于看见赵洋口中那个"印度面孔"出现了，他进了屋后，从屋里拎出一个大袋子，下了楼，开了一台宝马mini走了。我俩开车跟上他，发现他又去了另一个小区，然后又拎出一个塑料袋。他总共去了六个小区，每次都拎出一个袋子。

我问周庸，车上有酒么？周庸说后备箱有几瓶白洲，问我想干嘛。我下车拿了酒，往嘴里灌了点，身上也浇了点，趁着"印度人"拎着一堆袋子下车，快步走上去，撞在他身上，并故意一扯他手里的袋子，一包一包的红蓝色小药丸掉在地上。周庸也冲过来，一边帮他捡东西，一边说："对不起对不起，我朋友喝酒喝懵了。"然后"印度人"骂骂咧咧地走了。

我拿着偷到的一个小药丸，去集水医院那边找检测中心的朋友做了个检测，第二天朋友告诉我检测结果，说这个药是芬特明，管制的第二类精神药品，吃了能抑制食欲达到厌食减肥效果，很多人拿它当减肥药用。但研究表明，这玩意吃多了有兴奋和致幻作用，并且会导致焦虑和精神紧张，出现认知和精神障碍，诱发高血压、心悸、心动过速和心力衰竭等不良反应，严重危害健康。这个东西介于药品和毒品之间，国家不让进口，但如果外国人入境时拿着自己国家处方说是自用的，通过海关检测的概率应该也挺人。

拿到检测报告后，我又去调查了一下"印度人"其他几个取药的地方，发现住的都是一些黑人和南亚人。

周庸和小区的物业以及邻居打听了一下，这几家都是由于出国或某些原因，房主长时间不在，而且房子也没出租。他跟我说完，我就明白这是怎么回事了。

这些年往国内偷渡、非法入境的外国人很多，尤其是非洲人和南亚人。这群人有用假护照从机场入关的，也有从其他地方坐船偷渡来，再分散到各个主要城市的。外国人在国内租房很麻烦，需要业主配合租客做临时住宿登记，去当地的派出所，带上租房合同，还需要租赁双方的证件和联系方式。这样很容易被发现是非法入境的，所以这批黑移民不敢自己找地方住。

有一个组织，会和一些物业之类的人勾结，专门找这种没人住的房子，开锁进去，让这帮人住。作为回报，他们要给这组织钱，还要帮着从国外带药，再高价卖给有致幻或减肥需求的人。那个组织偷渡的人也不一定是印度人，更可能是巴基斯坦人，巴基斯坦人这些年没少运营这些往国内偷渡的事儿。在2000年8月的时候，就有报道称国内某市公安局就在酒店抓到过一个非法入境组织的头子，巴基斯坦人，叫纳扎尔，他从1993年就开始做往中国偷渡人口的业务。

搞清了情况，我让周庸多叫了几个人，去高丽娜家，把那几个黑人兄弟赶了出去。但在我们清理房间时，我发现冰柜里有一具被分解的尸体——是高丽娜的父亲。原来他真是假死，但没想到回家时遇上了在这儿的非洲人和巴基斯坦人。

高丽娜再次回国，报警，我提醒她别提我们，就说是朋友帮忙。她情绪特别崩溃，说知道了。

她去报案的那天晚上，我和周庸在中山路喝酒。周庸问我："徐哥，你说驱赶从贫穷地方来的移民，真的好么？"我说："有两面性吧，他们确实惨，但确实犯罪率也更高，这种犯罪率又是贫穷造成的，恶性循环了。"

以美国为例，2011年，美国入境和海关执法局遣返的非法移民超过39.6万人。但在全部被遣返人员中，超过21.6万人有犯罪记录。求生的同时影响了别人的生活，很难说对错。

夜行实录：床底的陌生人

WARNING
银行卡丢了怎么办

1. 携带本人身份证去银行柜台挂失。
2. 登录网上银行挂失。
3. 客服电话挂失，以最快速度避免财产损失。
4. 去派出所报警说明银行卡被盗，以免犯罪分子利用银行卡洗钱。

07

郊区有个专杀猫狗的火锅店,
来的客人都是"群众演员"

事件:盗取国家电源挖比特币事件
时间:2018年4月18日
信息来源:孙琦
支出:575元
收入:待售中
执行情况:完结

夜行实录：床底的陌生人

2018年4月初，我从老家回到燕市重新开始工作时，收到一个线人孙琦打来的电话。他说："徐哥，我发现一条非常非常'哇塞'的线索，贼猎奇，想要卖给你。"

我当时已经接了另一个活。一对老夫妻找到我，说在去世女儿的衣柜里，发现了一具婴儿尸体，经鉴定和他们有血缘关系，但唯一知情的女儿已经死了——我答应了他们的请求，正在调查孩子的父亲是谁。

于是我跟孙琦说："我最近比较忙，你这线索再留一留，多收集点资料啥的，过段时间再卖给我，要是真的很'哇塞'，我可以多给点钱。"他说："行吧，但我可不保证不卖给别人啊。"

4月18日，我查清了婴儿尸体的事，晚上开庆功宴，和我的助手周庸喝了点酒，喝着喝着，忽然想起了孙琦这事儿，给他打电话，想要问清他手里到底有啥线索时，发现他关机了。我当时没当回事儿，但第二天、第三天再找他，发现仍然是关机，我就觉着有点问题了。4月21日上午，我找了几个同行和记者什么的，让他们再打听一下，最近有没有人在孙琦手里买过线索，下午收到反馈，都说没有，我打电话叫上周庸，说去孙琦家看一眼。

孙琦家住在集水医院附近的一个小区，地点很偏，附近只有几栋回迁楼，住的大多是些老人。他住的这套一楼，也是当年拆迁时分的三套房之一，因为一楼阳台下带了一小块儿地，他爸他妈就挑了这套，打算养老住，还能种点菜啥的。后来住了一段时间，俩老人不太习惯，又回原来的地方租房子住去了，这套房就剩孙琦自己住了。

我不知道孙琦父母现在的住址，也不知道他俩的联系方式，只能先去集水医院那个小区的一楼看一眼。

到了地方，周庸先去敲了敲门，没人开，我趴在他家窗台上看了一眼，窗帘拉了一半，里面看着没人。小区里下午人多，挺多大爷大妈在外面溜达唠嗑啥的，我和周庸一直等到晚上十一点，广场舞散后，才进了小区，用开锁工具打开了孙琦家的门。

周庸问我开灯么？我说："不开了，一楼眼杂，谁都能看一眼，你去把窗帘拉上，咱俩用手机的手电。"周庸拉客厅窗帘时，我去拉卧室的窗帘。走进卧室后，我绕过床走向窗户时，忽然感觉有点不对劲。

我抬起头，借着小区路灯的亮光，看见一个穿着灰色夹克的中年男人，站在卧室的窗户外，正面带笑容，脸贴着玻璃，直勾勾地盯着我看。我当时也有点被吓住了，出了一脑袋汗，手伸进兜里开始找甩棍，等掏出来以后，窗户外的大哥已经走了。我喊周庸过来，俩人打开窗户跳出去，追了一段没看着人，又回到孙琦家。周庸跑岔气了，问："徐哥，孙琦是不是出事了？"我把窗户关好，说："不知道，先看一圈再说。"

拿着手机在屋里转了几圈，我发现屋里有猫砂盆和食盆水盆，但找了一圈，屋里并没猫。这时候周庸拿着一串钥匙过来，说："徐哥，这钥匙放门口了，是不是孙琦走的时候没带钥匙？"我接过来看了一眼，发现钥匙有点黑，像是被火烧过——真出事了。

一般只在一种情况，钥匙会出现这种被火燎过的状态，就是有人想偷偷复制它。把钥匙用火燎黑，印在透明胶上，再把透明胶粘在纸板上按照形状剪下来，就能配制一把一模一样的钥匙。我摸了摸钥匙，感觉稍微有点粘手，肯定有人用这个方法复制过这把钥匙。

打开孙琦的电脑，发现桌面背景是他和一只橘猫。怕猫自己在家饿着，我又找了一圈，没发现橘猫，猫砂盆里没有屎，猫粮盆是满的，这个橘猫不是和孙琦一起失踪了，就是被他父母带走了。

第二天上午，我和周庸又回到小区里，打算找邻居问问，最近有没有人见过孙琦，以及小区里最近有没有啥事儿发生。问了一圈，都没人认识孙琦，但周庸在电梯里发现了一张寻猫启事，上面印着的正是孙琦的橘猫，留的电话也是孙琦的电话。燕市基本上每个小区都有流浪猫，小区里的爱猫人士，一般会在一个固定的地方放上水盆和猫粮，让猫来吃。

在这个小区里靠近西门的一楼，我俩也找到这么个地方——花坛的一侧，散放着一些猫粮和水盆，还有一个猫窝。我和周庸一边抽烟聊天一边等，下午两点多的时候，有一个大妈过来加猫粮，喊了一会儿，有两只花猫过来蹭了蹭她。

周庸上去搭话："大妈，这俩猫和您挺亲啊，经常喂吧？"大妈说："对，本来有十来只猫，都和我挺亲的，最近不知都跑哪儿去了，就剩这俩了。"正说着，大妈看到站在周庸身后的我，忽然特谨慎，说："没在小区里见过你俩啊。"周庸说："对，我俩不住这儿，就是赶闲工夫来帮朋友找猫的。"然后拿出橘猫的照片给大妈看，问她见过这只猫么。大妈一看，说："哎呦，还真见过，在小区里看过这只猫和寻猫启示，我还和出来找的主人聊过几句，也是个小伙子。"

我问她是哪天的事儿。大妈说："你们等会儿，我看一眼手机，我之前在小区的业主群里发过这张寻猫启示，让大家帮忙留意着点。"我和周庸凑过去，看大妈拿着手机打开业主群，翻过一个又一个的深度好文，终于在4月8日的聊天记录里，找到了她发在群里的寻猫启示照片。正是孙琦给我打电话的前两天。他当时想卖给我的线索，说不定和自己丢猫的事有关。

我去找小区的物业，问能不能看看4月8日前后那几天小区的监控。物业问我住哪栋，我说了孙琦家的地址，他让我出示业主的身份证或者房产证什么的，我提供不了，只能出了门，找周庸商量，让他和大妈处好关系，看能不能通过大妈拿到小区监控。

我和周庸从小区出来，回车里抽烟，周庸问我接下来咋整。我说目前看有仨线索：一个是孙琦的猫，可能和他想卖给我的线索有关；另一个就是那天站在窗户前面，吓我一跳那大哥；最后一个是钥匙。周庸说："徐哥，那天那大哥，咱俩出去一追就不见人影了，不能是啥不干净的东西吧。"我说："别扯犊子，除非他平时不爱洗澡，或者上厕所不擦屁股，否则就没啥不干净的。"

晚上我俩去文册路的一家碳烤羊腿的店吃了一顿后，回家取了点装备，连夜又去了趟孙琦家。我在孙琦家的小院里，装了几个针孔摄像，都对着他家的窗户，然后和周庸在车里拿手机蹲点监视，俩人轮流睡觉。第三天晚上十点多，我正戴着耳机听歌，周庸推了推我，说："徐哥，有情况。"

我从他手里接过手机，发现针孔摄像的App里，一个黑影正趴在孙琦家的窗户边上。过了一会儿，黑影转头走了，我和周庸去小区门口堵他，却没堵着。周庸再一次打开针孔摄像的监控App，孙琦家的灯亮了。我说应该是趴在窗口的那个人，看见屋里没人，进去了——钥匙上火燎的黑痕，可能也是他整的。孙琦家的锁芯是B级的，我那天开了挺长时间才整开，这么快就开门进屋，应该不是用工具开锁，而是提前配了钥匙。

周庸说："那咱现在咋整，是直接进去干他还是报警什么的？"我说："再等等。"过了半小时左右，屋里的大哥出来了，在单元门的门口，骑上了一个折叠的电瓶车。周庸说："怪不得那天没追上呢，原来有车啊。"

我俩开车跟上他，到了民安大街一家火锅店的门口，大哥把电瓶车一停，开始站门口等。我和周庸拿红外望远镜看了一下，大哥穿了个代驾的背心，正是那天站在窗前往里看的人。

火锅店陆陆续续出来了一些人，有人找代驾的时候，大哥并不往前凑。直到十二点多，有一个喝得东倒西歪的男性出来，大哥才快步上前扶住，在对方的引导下上了一辆讴歌。我和周庸开车跟在后面，在开到××大学××校区附近时，车停了，大哥下了车，打开后座的门，从对方兜里掏出一把钥匙，用打火机燎了一会儿，粘在了透明胶带上，又把胶带粘在了一个卡片一样的东西上。

然后他开车到附近的小区，把喝醉的男性送上楼，没多久就下来了。

我和周庸又开车跟着他到了中山路的一个小区，他把电瓶车折叠好，拎着上了楼。周庸下车跟上他，等他进了3号楼，上了电梯，周庸随便按了一家住户的门铃让帮忙开了楼下的电子门，进了单元里。等我停好车过去，周庸告诉我，电梯停在了十二楼。我俩上了十二楼，总共有四户，用猫眼反窥镜挨屋看了一圈，只有1203亮着灯。

周庸敲了敲门，里面问是谁，周庸自称是楼下的邻居，大声说："干什么啊大半夜不睡觉的，一直在屋里走来走去，楼板薄不知道么？我爸心脏有问题，出了事儿你负得起责任么！"里面说不好意思，自己是个代驾，工作回来得晚，下次一定注意。周庸说："你这什么态度啊，能不能开门好好说。"对方犹豫了一下，把门打开了，周庸看了一眼没错，一脚把他踹进了屋里，我在侧面走进去，把门关上了。

屋里不大，也就三四十平米，但除了床和一张桌子，满满当当的放了很多烟、酒、鞋、字画、手表和金饰什么的，满屋都是。周庸说："哥们，你行啊你，这比一般典当行都得富裕点。"

我们没咋逼问，大哥就全招了，他是趁着代驾的机会，找喝得特别多的人，偷偷复制他们的钥匙，然后趁着把对方送回家，记住地址。等过段时间，趁对方不在家时再来偷东西，这样对方就不会怀疑是前段时间的代驾干的。

孙琦也是有天喝多了，被他盯上了。那天他在一楼从外往里看，是想看有没有人，但屋里太黑了有点看不清，所以一直贴在窗户上看，差点没吓死我。

在桌子后的墙上，我发现了一百多把钥匙，每把钥匙上面都贴了张纸条，写着是在哪个小区哪栋楼的哪一户。周庸说："嚯，这是把盗窃当成长期买卖干了？"我问了大哥几遍，没听出他说的有啥毛病，就和周庸一起，把他送到了派出所，说是他去朋友家偷东西，被我们抓到了。

做完笔录出来，为了保险起见，我又回到孙琦的家里，用紫光灯照了一圈，没有血的痕迹，不是入室盗窃后杀人。只有床单上有一点精斑——对于单身男性来说，这比较正常。

没有其他线索，周庸继续每天跟大妈嘘寒问暖。4月28日，大妈终于愿意帮我们调监控找猫，问他调哪几天的。周庸问我要调哪几天的，我说要4月7日到4月18日的——在这段时间里，孙琦的猫丢了，孙琦也丢了。

拿到监控视频后，我发现4月7日那天，孙琦从早到晚出了几次门，一直在绕着小区走，还拿着手机，对着小区门口的一台白色面包车拍了好多张照片。等面包车出门的时候，他还开车跟了出去。周庸把视频截图放大来看，发现面包车的车牌号是燕G×××××，我拜托车管所的朋友查了一下这台车的违章记录，发现大多都是在吉安区的一个城中村附近。

我俩开车去城中村找了一圈，发现这台面包车一直停在一户平房门口，这户平房是家老灶火锅店，我把我的高尔夫R停在火锅店门口，故意蹭了一下面包车。然后我推门进屋，问门口的面包车是谁的，不小心刮到车了，问用不用赔偿。柜台后面站出一个大姐，说车是她们火锅店的，跟着我出了门看看，最后管我要了200块钱，私了了。

确定车是火锅店的，我和周庸在附近找地方停下车，一直暗中观察这家火锅店，并在网上搜索相关信息，然后发现了一件特别奇怪的事儿。这家老灶火锅只有四张桌，但门口永远有好几个人排队，屋里也一直客源不断，直到关门。按理说生意这么好，应该算是个网红店，但不知道为什么，在大众点评上只有十几个评价，而且都说不咋好吃。

这勾引起了周庸的好奇心，他排队进去吃了一顿，没二十分钟就出来了，回到车里，说："什么玩意，太难吃了。不仅难吃，而且屋里还特别热，我让老板娘把空调温度调到最低也不好使。"

我俩观察了这家火锅店一整天，发现了一件奇怪的事情——同一群人在反复地排队，制造这家店生意红火的假象。这明显是火锅店请的托，但为啥呢？为啥要在一个偏僻的城中村里，开个只有四张桌子的火锅店，请人排队，制造生意红火的假象，但又不去网上刷好评？难道这家店的老板是个人聪明，有啥和别人不一样的想法？

我和周庸把车远远停在火锅店的斜对面，监视着这家火锅店。

晚上十二点多，火锅店已经打烊两个多小时了，屋里忽然打开了灯，走出三个男的，陆续把十几个麻袋抬到了面包车上。周庸说："徐哥，里面不能是人吧？"我说不知道。等搬完之后，他们开车到了附近的一个野山，又花了半个多小时，把麻袋搬进了林子里，然后又过了一个多小时才出来。

我和周庸不敢马上跟上去，等面包车走远了，才下了车，俩人拿手机照着，进了林子。走了大概七八来分钟，周庸忽然大叫一声！我说："你能不能别一惊一乍的，吓我一激灵，有事儿你说事儿行不行。"他说前面好像是一片野坟，我拿手机照了一下，看见几十个像坟头一样的土堆，都没有墓碑。

走近点看，有几个坟包明显是新堆的，土还稍有点湿润。周庸说："他们刚才是不是来埋人的啊？"我说："不应该啊，没听说过抛尸还给人立个坟的啊。你找几个木棍啥的，咱俩把这土堆刨开看看。"周庸说："那也不好使啊，咱用脚踢吧。"

我俩用脚踢了一会儿，在一个坟包里发现一只死猫。然后又踢开几个，发现里面不是死猫就是死狗，有一只橘猫，看起来特别像孙琦家那只。周庸问我现在咋整，我说回火锅店看看。

到了火锅店，门口的面包车已经不在了，我和周庸商量了一下，决定让他在车里等着，我去火锅店里看看，每隔十五分钟联系他一次，一旦失联他就立刻报警。

拿工具开了火锅店的门，我进去看了一圈，什么都没有，但地上零散地撒着很多土，我顺着土的痕迹找，发现后厨的炉灶下面，有一个非常隐秘的入口。拉开入口，是一个梯子，下去之后，是一个大概有六七十平的大地下室，里面全是架子，架子上密密麻麻放着很多连接着线的机器，不停地闪着灯。我知道这是什么了——这是一个比特币黑矿，这些机器都是比特币挖矿机。

比特币挖矿机都是安装了大量显卡的电脑，很费电，1000台矿机每天光电费就两万多块钱。如果正常买电用来挖比特币，利润很低。所以很多人会挖地下室或在偏僻的郊区私接电线，盗取国家的电。按照这屋里这几千台机器，每年盗取的电费估计得上千万。

屋里由于机器的运行，温度非常高，我待了几分钟就开始出汗了，在地下室的一角，我发现了被绑着的孙琦，他的脸色特别白，人已经有点脱水的迹象了。我两嘴巴子把他扇醒，拽着他出了地下室，上了车，然后报了警。

孙琦告诉我，他那天跟着偷他猫的人，到了这家火锅店，发现对方杀了他的猫并埋了起来，他很伤心地继续调查，发现了挖比特币的事，想要把线索卖给我，却被对方发现后关了起来。这伙人告诉孙琦，他们杀猫是为了掩盖私挖地下室的事实。因为挖地下室的土被发现后，有经验的警察很容易猜到可能是有人私挖地下室，然后窃电挖比特币。但杀死些流浪猫狗埋在里面，就多了一层伪装，像是宠物公墓一样，让警方不会往这方面去联想。而让火锅店一直有人，但没有真正的客人，也是为了不被怀疑。

警方到了以后，带孙琦去做了笔录，但没有立即收网。等到5月6日，其中有一个主谋结婚时，这个团伙在婚礼上被一网打尽——这个团伙基本都是亲属关系，男方家连带女方家一共抓走9个人。

我后来和周庸说了这事儿，他说这下好了，亲戚之间再也不用互相串门了。

夜行实录：床底的陌生人

WARNING
如何判断是否有人利用你的电脑挖矿

1. 监控网络性能。CPU使用率过高、温度变化或风扇速度加快，可能表明存在隐藏的恶意软件。
2. 查看未经授权连接的日志。查看防火墙和代理日志，了解它们正在建立的连接，以检测隐蔽的恶意挖矿活动。
3. 使用浏览器扩展组件，阻止恶意挖矿软件。
4. 识别你电脑的显卡是不是矿卡，测试显卡的超频性能，去跟官方的数据进行对比。
5. 看显卡是不是特别脏，上面有没有很多灰尘或各种油渍。如果显卡非常脏，十有八九就是矿卡。
6. 注意显卡是否有发票且带保修。在全国各地的保修点都可以保修的，一般不是矿卡。

08

背后有人：
父亲去世一周后，女孩怀疑她爸在跟踪自己

事件：女子被跟踪事件
时间：2017年9月7日
信息来源：老鸨
支出：386元
收入：待售中
执行情况：完结

夜行实录：床底的陌生人

2017年9月，一个做高端商务伴游的老鸨，也就是妈妈桑，在微信上联系我，说她手下的一个姑娘，最近出了点事，希望我帮忙调查一下。

我为啥会认识这个老鸨呢？因为前几年我想在我的公众号里做个特别点的文字访谈栏目，于是找到一些人聊了聊，恋尸癖、老鸨、邪教徒、在美国查连环杀手案的华裔警察等等，啥人都有。但聊完后我一个都没写，因为平时太累了，多少有点写不动。

据这个老鸨自己说，她最辉煌的时候，手下有近两百个姑娘，营业范围非常广。这些姑娘平时出去，价格都是按天算的，一天两三万，行情好的时候，很多姑娘年收入大概能有三四百万，甚至更高，比很多小明星都赚钱。所以有些姑娘赚到钱，有了房、车和积蓄后，就不干了。但只要这些姑娘没拉黑她，她就会一直和这些姑娘保持联系，当个有始有终有良心的"生意人"。

这次找她求助的，就是之前手下的一个姑娘，叫Abby，现在已经退圈了。老鸨把这姑娘微信推给我，说尽量少收点钱，这些姑娘赚钱都不太容易。我说行吧，但不能少太多，因为我赚钱也不容易。我问这姑娘有中文名么，老鸨说不知道，她们互相之间都用假名，以防影响以后生活。

我加了Abby的微信后，等了五分钟没通过，就去拿了罐无糖的可口可乐，看了会儿《蘑菇百科全书》，研究研究哪些能致死，看得有点入迷。等一个多小时后再拿起手机，发现Abby不仅通过了我的好友申请，而且已经发了一堆东西给我。

我快速看了一下，问她是否方便语音聊。她说好的，然后打了个微信语音通话过来，我接起来和她聊了一会儿，大致搞清咋回事后，我问她："你有没有个中文名，一直管你叫Abby Abby的，总感觉自己在演TVB。"她说："那你就叫我徐婕吧。"我说妥了。

徐婕说，前两年一直感觉有人在监视她。有一回在芳草路附近的酒吧喝多了，第二天早上发现自己坐在芳草湖公园东门，离酒吧得有四公里，不可能是自己走过去的。而且徐婕酒量还行，但那天喝了两瓶百威就醉了，她怀疑是被人下药了，问和她一起去的姐妹，说是她们去上趟厕所，回来就发现徐婕人没了。出于自己的职业原因，也没敢报警。又有一天在咖啡厅见朋友时，发现身后有闪光灯亮了一下，她回头，但没找到是谁拍的自己，非常害怕。

徐婕回去之后，连夜找搬家公司，搬了家，然后情况好了两年，但前几天，又开始感觉有人在跟踪她。有一个男的，她分别在小区里和利莱商业街都见到了，她就有点怀疑，假装举手机自拍，发现那个男的在后面躲她的镜头，避免被拍进去。

9月7日上午，我和我的助手周庸，在东顺区北坪广场的星巴克，见到了徐婕。徐婕年轻漂亮，又白又瘦，非常符合中国男性的审美，怪不得老鸨说她很快就攒够了买房子和车的钱。周庸原来特别喜欢这个类型的女孩，后来受我影响，审美逐渐向我靠拢，越来越喜欢看起来特健康，有肌肉线条的姑娘。

我问好徐婕喝什么，让周庸去点了三杯星冰乐，坐下来和徐婕一起聊。

我需要知道这种情况是不是徐婕精神比较紧张所造成的错觉——因为人在紧张状态下，经常会觉得陌生人对自己有威胁。如果跟踪不是错觉，那这人的危险性是多少，是和她有什么过节，还是说这人是个纯粹的变态。所以，我先问了徐婕，最近有没有发生什么事，有可能让她精神紧张。

徐婕说："上个月月底，我爸在老家跳河自杀了。"我和周庸赶紧客套，说节哀什么的。结果这姑娘说："没事，我爸死得挺好，葬礼啥的我都没回去。"因为徐婕她爸喜欢打麻将，不咋着家，还把钱都祸祸了，她妈得肝癌都没钱治，在徐婕上初中的时候就去世了。所以她高中一毕业就来燕市谋生存了，本来想这辈子都不回老家，省得见着她爸，结果两年前，她爸跑燕市来找她，让她每个月给打一万块钱，要不然就和徐婕住一起，让她养着。她没办法，直到上个月她爸自杀前，还一直每个月给她爸打一万块钱。

上个月徐婕她爸在老家的县城自杀了，这姑娘松了一口气，亲戚几次联系都没回去参加葬礼。她告诉亲戚把人烧了后，随便往哪一扬就行，不用入土。

我又问她有没有什么仇人啥的，有可能跟踪她。她说："没有，就和我爸有仇，前两年被跟踪的事，我就一直怀疑是我爸雇人跟踪我，因为我从来也没告诉过他我住哪儿，我被跟踪后没几天他就找到我家楼下要钱来了。这次总不能是他雇个鬼来跟踪我吧？"周庸说："别说那吓人的了，你觉着两年前跟踪你的，和最近跟踪你的是一个人么？"这姑娘说不知道。

这姑娘靠前几年工作攒下的钱，在文册路买了套房子。我和周庸跟她回家看了一圈，用金属探测器和反窃听的设备检查了一下，她家没有窃听器或摄像头之类的东西。然后帮她在室内和防盗门外分别安装了微型监控摄像，看能不能拍到点什么。

第二天下午两点，徐婕哭着给我发语音，说真是她爸，她爸让无头鬼来跟着她了。

我赶紧叫上周庸去了她家，上楼敲门进了屋，她抱着周庸就哭，说下午检查监控，发现昨天半夜一点多，有一个无头鬼在她家门口转悠。周庸用嘴型问我，这姑娘是不是真精神出问题了。我也怀疑无头鬼和跟踪者一样，都是这姑娘幻想出来的，但打开监控存储一检查，我也懵了。

9月8日凌晨零点五十七分，有一个穿着黑色衣服，弯着腰的人，从徐婕家门口走过去了——从监控里看，这是个没有头的人。一点二十五分的时候，这个无头人又在徐婕家门口出现了一次，然后就再也没出现过。周庸看完都傻了，问我这是什么情况？我说："我大概知道怎么回事，别慌，你俩跟我一起出来。"

夜行实录：床底的陌生人

我们任出了门，到左边的邻居家敲了敲，一个大爷打开门，问我啥事？我问他家有没有患者，昨天半夜小姑娘看见了，有点害怕。大爷听我说完咋回事，叹了口气，解释说就是为了避人，每天半夜才下楼转一会儿，没寻思还给人吓着了。然后转身回屋，用轮椅把他儿子推了出来。他儿子是强直性脊柱炎患者，腰和脖子都是弯的，从侧面和背面看，就像是个无头人。大爷为了儿子不被人用异样的眼光看，每晚都赶半夜才推儿子出去转几圈，所以徐婕在这住了快一年都没见过，结果在监控里一出现把徐婕吓着了。

我问大爷，半夜下楼溜达时，看没看见过啥奇怪的人，大爷想了想，说昨晚还真有一个，一直在单元门口转悠抽烟，那时候都快凌晨一点了。

我们回到徐婕家，又把监控往后调了调。凌晨三点左右，一个男的来到她家门口，拿了一把黑色的小刷子，在徐婕家防盗门的门把手和电子锁上不停地往上刷东西。徐婕尖叫了一声，说："就是他，就是他跟踪我，我上次在利莱商业街看见的就是这男的！"周庸问我："他刷啥呢？"

我说先让我看一眼。打开防盗门，检查了一下门锁，又在地上找到一些黑色的粉末，我可以确定他在干什么了——他在采集门上的指纹。那把黑色的刷子叫磁性刷，用它能在物体上刷黑色磁粉采集指纹。

我不知道他采集指纹干啥，但肯定不是啥好事儿。我拽着徐婕去物业调取了小区里面的监控录像，发现那男的从徐婕家单元出来后，并没有出小区，而是到了徐婕家对面的一栋楼，进去后再也没出来。

周庸说："一个小区的邻居，看来是个纯变态，看人姑娘好看就跟踪，呸。"我说："你是不是傻，一般变态能采集指纹？你先带徐婕回她家，把窗帘都拉上，我回家取点东西。"周庸说："行，你快点。"

我回家取了超远距离摄像机，又来到徐婕家，把窗帘拉开道缝，拍对面的那栋楼，两栋楼间距大概有三百多米，我从上到下，一家家地看，一家家地排除。

周庸问我找啥呢？我说："徐婕说那人一直监视她，那住她家对面可能也是为了这事儿，他连采集指纹都会，大概率也会用长焦距的相机。"周庸知道那东西厉害，隔着一公里，都能拍清裤衩子上的花纹。

看到眼睛都要瞎了，我发现十三楼和十六楼的两户，稍微有点不对。十三楼客厅窗户边，有一个三脚架，正对着徐婕家这栋楼摆放，但上面没有相机。十六楼窗帘全拉着，但窗帘缝隙处有玻璃反光。

我把超远距摄像机放在窗户缝边，来回监视着这两个窗户。十三楼一直没有人，但十六楼中间窗帘拉开了一次，有人往外面看了两眼，我给周庸和徐婕辨认了一下——就是跟踪徐婕的那位大哥。

当时楼下人正多，我和周庸等到晚上十二点多，跳广场舞的大妈都回家了，楼下也基本没人时，下楼去了对面楼的1601。到了楼上，我敲了敲门，里面的人问是谁，我说："物业，楼下邻居举报你在家总整噪音，我过来看看。"大哥打开门后，我一脚把他踹了进去，周庸从后面进来关上了门。

他往厨房跑，拿出一把水果刀，问我俩是干嘛的。我看他手里有刀，就没再跟他动手，问他为啥跟踪偷拍徐婕，说我们已经报警了。他说："你报警就报警呗，我又没干啥出格的事，都是工作。"周庸说："偷拍人家姑娘还是工作了？"大哥说："真是，我是来调查徐婕她爸的。"周庸说："你能不能别扯了，徐婕她爸人都没了，你在阳间调查个什么劲儿呢？"

大哥告诉我俩，他是个保险调查员，专门负责调查骗保的。徐婕她爸在两年前买过一份保险——按照一般人身保险的规定，两年之内自杀都不赔钱，两年之后会赔一百万。这保险刚满两年，徐婕她爸就自杀了，受益人是徐婕，他去徐婕老家的时候，人已经火化了，无法查证，保险公司怀疑是假死骗钱，让他调查一下。他寻思着徐婕她爸如果是假死，肯定得和徐婕见面，就一直跟踪监视徐婕。

我那天起晚了，没洗头，去徐婕家时一直带着个帽子，大哥没拍到我长啥样，寻思着可能是徐婕她爸，所以晚上过来，看看门上是否有指纹，和当年上保险时录的指纹比对一下。

我问他，那两年前跟踪徐婕是咋回事？大哥有点憋，说没这事儿啊，两年前他都不知道徐婕是谁。我和周庸打算把这事儿交给警方处理，拦着大哥，报了警。等带着徐婕做完笔录后，已经凌晨两点多了，我们又去了徐婕家，她不停地感谢我俩，但我心里总觉着有点不对劲。

这个保险调查员的大哥，确实不是两年前跟踪徐婕的人，那会不会有两个跟踪她的人呢？另一个人是确实在徐婕搬家后就跟丢了，还是在别处一直看着她——我想起对面十三楼的三脚架，打算去看一眼。

我给超远距离摄像机换上红外镜头，又看了看十三楼，一片漆黑，也没有人在窗口出没。

叫上周庸，我俩下了楼，来到对面十三楼的1303。敲了一会儿门，没有人开。周庸问我闻没闻着一股味儿。我说闻着了——空气里有股特别臭的味道，像什么东西腐烂了。我拿手机的手电筒，照了照1303的锁孔，发现里面全是灰，连划痕都不太能看见，说明这房子很久没人进去过了。

让周庸回车里取了开锁工具，我把门打开了，一开门就是一股臭味。我打开客厅的灯，进了玄关，在三脚架的边上，躺着一具已经腐烂的尸体，胸口上插了把刀，已经生蛆了。周庸说："徐哥，不行了，我要吐了。"我说："你先下楼，别吐屋里，吐屋里你就是嫌疑人了。"

周庸捂着嘴出门了，我发微信让他吐完拿酒精和纸巾上来。我满屋转了一圈，在卧室找到台笔记本电脑和几个硬盘，打开检查了一下。里面有很多文件夹，每个文件夹里都是一个姑娘的很多照片，有偷拍的生活照，也有直接拍的裸照。其中就有徐婕的，她陪不同的男人进酒店，和不同的男性在屋里那什么的，都是远距离用长焦距镜头拍的，还有徐婕昏迷的裸照——应该就是她莫名其妙地出现在芳草湖公园东门那次。除了这些，徐婕的文件夹里，还有一个txt文档，里面是她和她爸、她姑姑的电话号码。

我把这些拍下来后，周庸拿着东西上来了，我找了一圈，没找到死人的手机，就用酒精和纸，把我和周庸碰过的东西都擦了一遍，避免留下指纹。

出了门，用网络电话报了警，说闻到1303有奇怪的臭味，怀疑死人了没人发现。没过一会儿，警车就来了。

我给徐婕看了照片后，她特别震惊，那些都是她做伴游时的照片。有时候有些男人不方便去酒店，会去她当时租住的房子里，那些照片拍的地点，就是那个房子。她也很奇怪，对方为什么会有她爸的联系方式。我说估计是她被迷倒的那天，从她手机里找到的。

这事儿没查清楚，在周庸心里成了个坎，整天想到底怎么回事。结果过了几天，警方联系了徐婕，把她叫去问话，说她家对楼死了个人，她爸是第一嫌疑人，问她知不知道点啥。徐婕一问三不知。过了两个月，警方又联系了她，说通过调取死者和她爸的微信、短信记录，搞明白了到底发生了什么。

死者是一个专门盯着失足妇女拍摄她们卖淫证据的人，但他怕有的组织有打手，惹不起，就趁这些失足妇女出门时，找机会获取她们家人的联系方式，用照片和视频威胁她们的家人掏钱。他在徐婕做伴游的时候，通过老鸨约过徐婕一次，偷拍了很多徐婕的照片后，又趁徐婕去酒吧玩时下药，知道徐婕的工作不合法，不敢报警，迷奸的同时搞到了她爸的联系方式。

他给徐婕她爸发微信打电话威胁，说不给钱就把这些裸照和卖淫照发给她的亲戚，并传到网上，让他女儿身败名裂，做人抬不起头。徐婕她爸和偷拍者协商，俩人达成协议，每个月给偷拍者一万五千块钱。他爸没那么多钱，不得已，管偷拍者要了徐婕的住址，每个月管徐婕要一万块钱，并且自己同时做夜班、白班两份保安工作，每个月把剩下的五千补上。

其实这两年来，徐婕她爸一直都在燕市干保安，只是没来见过徐婕而已。也正是那时候，她爸去买了份保险——估计当时就抱着必死的决心，但决定给女儿留点啥。所以等两年内自杀不理赔的期限过去后，他第一时间找到一直住在他女儿附近，以此威胁他的偷拍者，在女儿家对面的楼里，把他杀死了。然后他回到老家，跳河自杀。

2017年过年的时候，徐婕领完保险赔偿的一百万，回了趟老家。在家里的餐桌上，发现了她爸写的一封遗书。她当时还拍了张照片，发给周庸。

我好奇，问了周庸那封遗书的内容。里面有几句话，我印象挺深的，时间长，可能记得不特别准确，但大概是这么个意思：

爸对不起你，这辈子你摊上爸，算你倒霉了。但爸这辈子算是捡着了，摊上你这么好个闺女，下辈子我说啥都不当你爸了，省得连累你在这个社会里，活得太遭罪。你千万注意身体，每个月那一万块钱不用打了，自己留着吧。爸没啥能耐，就命还值点钱，换了钱留给你，好好活着。

夜行实录：床底的陌生人

WARNING
别人做什么是在收集你的指纹？

1. 在你生活的环境中或使用的物品上涂抹黑色或彩色粉末。
2. 在你生活的环境中或使用的物品上用气球或者刷子清理粉末。
3. 在你生活的环境中或使用的物品上用透明胶带粘取粉末。
4. 在你生活的环境中加热粉末。
5. 在你生活的环境中或使用的物品上涂抹502胶。
6. 对你触碰过的工程塑料、普通塑料、金属加膜等涂抹荧光剂后进行紫外线扫描。
7. 对你触碰过的物体，进行微距摄影。
8. 对你使用过的金属物品，进行火烤或者"哈气"后涂抹粉末。

09

女孩独居一周后,
屋里总有个男的在和她说话

事件：吸毒团伙假装绑架骗赎金事件
时间：2017年4月6日
信息来源：张蓓
支出：897元
收入：待售中
执行情况：完结

夜行实录：床底的陌生人

2017年3月末，我接了一个活，找一个给狗下毒的人。

燕市临安水钟桥边上的一个公园里，每天都有很多人遛狗，但那段时间，有很多狗都在公园里中了毒，腹泻、呕吐，甚至死亡。几个狗主人怀疑有人下毒，但遛狗时没看见狗乱吃东西，一直没找到下毒者是通过什么手段毒狗的。其中有个人认识老金，几个狗主人凑了点钱，联系老金调查，但老金已经金盆洗手，就找我来干这个活儿。

我调查了一段时间，在草丛里发现了好几泡屎，这很奇怪，因为边上就有公共厕所，旁边还有一个酒店，不至于有人这么憋不住，蹲草丛里就拉，而且还不止一泡。所以我提取了屎的样本，送去平江那边的检测中心化验了一下，屎里果然有毒。有人在草丛比较隐蔽的地方投放有毒的屎，主人不太好发现，而很多狗都会吃。

过了几天，我给我的助手周庸讲了这个事，是为了告诉他，笑话有时候不一定是笑话。他问了我一个问题。他说："徐哥，他给狗下的什么毒？我听说狗不能吃巧克力，他是吃了大量巧克力以后，再去那拉的屎么？"我说："滚犊子，屎里被掺了百草枯。"

同年4月6日，一个叫张蓓的姑娘给我打电话——下毒案的狗主人之一，她养的泰迪被屎毒死了。这姑娘说，最近还发生了一件特别怪的事，想请我调查一下，但实在没什么钱，只能拿出两万块，问我能不能通融一下。

我那段时间正好事少，说两万块钱可以，但能不能签一个可以就调查内容写成故事和卖给媒体的合同，这样我的行为算是采访而不是调查，而且我会有后续收益。张蓓答应了下来。

在狗被毒死后，张蓓总因为这事儿埋怨男友，说他出去遛狗时不注意，让狗乱吃东西，俩人没少吵架，没过一周就分手了，男朋友收拾东西搬出了俩人合租的房子。4月3日，张蓓坐在沙发上玩手机，一晃神儿忘了男朋友已经走了，听见屋里好像有声音，就问了一句"你干嘛呢"。结果有个声音回答她，说"没干嘛"。她又玩了一会儿手机，忽然意识到不对劲——家里就她自己，是谁在跟她对话？最开始她以为自己出现幻听了，但越想越觉得是真事，而且她下楼时，发现小区楼下贴了一个逃犯的悬赏通告，就更害怕了，赶紧联系了我。

我叫上我的助手周庸，一起去了张蓓家，她家住在芳草湖附近，一进小区，我就看见紧挨大门那栋楼的单元门口，贴着一张悬赏通告。通告的照片里，嫌疑人人哥正咧开嘴笑，门牙间有条缝隙，面相憨厚老实。我一查新闻，大哥杀了一家三口，连五岁的小姑娘都没放过。

夜行实录：床底的陌生人

张蓓住的小区里，都是很老的高层楼，每栋楼里都住了很多人，我和周庸挤着电梯上二十五楼，花了得有六七分钟，基本上隔几层就停一下。到了楼上，找到门牌号敲了门，张蓓很谨慎，问完是谁后，还在猫眼里看了一会儿才开门。

我和周庸进屋坐下，她给我们拿了两瓶矿泉水，周庸问有冰的么。张蓓说没有，她没喝冰水的习惯。我说："你咋那么多事儿呢，给你水你喝就完了呗。"他说行吧。

我问张蓓，最近精神状态怎么样，去没去医院看过——经历宠物死亡、男友分手，再加上看见逃犯的悬赏通告，很可能因为精神紧张，产生幻听之类的症状。她说去医院看了，做了好多测试题，还测了眼动什么的，都没有问题。睡眠也没啥问题，一天能睡八个小时，手机里还下了一个监测睡眠的App，说她每晚深度睡眠都在三小时以上，很健康。

我问："那你还记着那天有人和你对话，声音是从哪屋出来的么？"她说不太能确定，但肯定不是在客厅，因为她坐在客厅里看电视。周庸问她，有没有可能是电视里的声音，让张蓓误会有人在和她对话。她说："不可能，那个和我对话的，说的是中文，我那天在看《白日梦想家》，是个美国片。"

我查了一下她家的路由器，没有被入侵，又拿检测设备满屋转了一圈，没有偷拍和监听的设备——有些小厂产的监听设备，有时会出点毛病，声音双向传输，让被监听的人听见监听人说话。周庸到走廊转了一圈，检查了一下墙体厚度和隔音效果什么的，看起来也不太可能是邻居或走廊的声音。难道张蓓家真的进人了？

我检查了一下床底和衣柜，发现张蓓为了防止狗往床底下钻，买的是那种几乎没有缝的床，别说人了，耗子钻进去都够呛。她家的衣柜也堆得特别满，根本塞不进人。周庸凑过来小声问我："徐哥，就是幻听吧？"我说不知道，先让张蓓签了之前聊好的合同，又带她去小区物业要了电梯的监控，把张蓓不在家时乘电梯到二十五楼，并且短时间内没下楼的人都截了出来，让周庸拿着截图挨家去问。结果发现都是邻居，没啥可疑的人。

我说："我再帮你看看门窗吧，要是再没有，你就再去别的医院精神科检查检查，你之前看的医院也不一定准，钱我只收你一半，剩下的你自己留着看病。"张蓓想了想，说行吧。

我先拿手电筒检查了一下门锁，都是正常钥匙开锁的痕迹，没有工具开锁的划痕，然后又检查了一下窗户。客厅和卧室的窗户都没有问题，厨房连着一个晾衣服的小阳台，外面是挂空调外机的缓台。

我拉开窗户看了一眼，把张蓓叫了过来，问她最近请人清洗空调了么？张蓓说没有，因为前几年请了一次清洗空调的，觉着这事儿太简单了，就是把滤网拆下来洗洗再装回去，花钱不值当，后来她就一直自己清洗了。我问："也没有找人维修过，或因为空调不够凉，请人来加过氟利昂？"张蓓说："没有啊，我不喜欢凉，再说现在才4月份，每天十几二十来度，我开空调也是开热风啊。"周庸说："徐哥，你是热么？要不我下去买两瓶冰的水吧？我也特想喝点冰的。"我让他滚犊子，说谁想喝冰的——空调外机上，有几个脚印。这玩意常年在外积灰，如果有人踩过，会留下特别明显的脚印。

张蓓家住的这栋楼总共三十层,她住二十五楼,我没想到有人会从室外进入室内,这风险也太高了。的确有入室盗窃的人,会从顶层进入室内,但一般也就仅是顶层的两层楼,很少听说过高层楼空降五六层偷东西的,这都赶上蹦极了。张蓓问我:"会不会是那个逃犯,在找没人住的空房子躲藏,看见有人在家就跑了。"我说:"不知道,得上去检查一下。"

拽上周庸,坐电梯到了三十楼,啥也没有。我们又去了隔壁单元的三十楼,找到一个通向顶层天台的半截楼梯。楼梯尽头有个铁门,是锁死的,我检查了一下锁芯,没什么问题,让周庸上去拽一把,看能拽开么。他上去拽了几下,拽不开,还蹭了一手灰,说:"你怎么自己不弄让我拽呢。"

我俩把两个单元顶层的几户挨个拜访了一遍,除了家里没人的,其他户主都告诉我们没丢东西也没啥异常情况。基本可以肯定,张蓓家窗外空调外机上的脚印,不是从顶层天台下来造成的。

我和周庸下楼,打算打听打听逃犯的事儿。我们把附近几个小区都转了一圈,发现一件特奇怪的事儿。这张悬赏通告,只贴在张蓓家小区,附近其他的小区都没有,是因为锁定了逃犯就在这个小区么?

我怕张蓓心态崩溃,没敢告诉她这个猜测,给她家安上了全套监控,然后提议让周庸在她家睡几晚。张蓓同意后,我们看她家沙发有点小,就去超市买了充气床垫、枕头和被褥,在她家客厅给周庸弄了个地铺。

在夜行者这个行业里，大家赚钱的方式不太一样。像我和老金这种，主要是追踪真相，把故事或新闻卖给媒体赚钱，危险性相对较小。还有一种危险性极高的，是专门研究各地警方的大额悬赏，去追踪一些逃犯或者犯罪线索，抓到人或把线索交给警方换钱。

有些人可能还记得我的朋友，大飞，他在瘫痪之前就是专干这个的，结果被犯罪分子从楼上推了下来，现在站不起来了。他对追踪逃犯很有一套，所以我打电话给大飞，讲了一下现在的情况，问有没有可能找到逃犯，好知道他是不是从窗户进入了张蓓家。大飞说："这你就算是问对人了，来来来，我先给你讲讲逃犯的心理，好让你更好地了解逃犯，以便抓住他。

"罪犯逃脱后，一般会有五种常见心理：1.恐惧心理，对法律惩罚的畏惧，会迫使他一直逃下去，所以你看见特别谨慎，总在四处看的人要注意；2.多疑心理，他不会相信任何人，会经常变换住址，在燕市租房住挺贵的，所以入室是一个好办法；3.思亲心理，因为孤单和家人联系，但他的家人肯定被警方监控了，应该跟你的事没啥关系；4.报复心理，如果入室盗窃或抢劫什么的，不会在乎人命，反正已经杀过人了，横竖都是死；5.侥幸心理，只要一星期内没有被抓住，就会有公安机关抓不住自己的错觉，绝不会自首。"

我说："你给我滚犊子，我想知道现在怎么弄，你倒给我讲上心理学了，信不信下次一见面我就把轮椅给你踹倒。"大飞说："你别闹，咱好好说。根据我对逃犯的了解，藏在天台或者垃圾站什么的，都是很常见的，饿急眼了想要入室找点吃的什么的，那也是有可能的。但这都是一般逃犯会做的。更有经验的犯罪分子，首选是换身份。他们会通过自己的渠道买身份证，或者直接藏身于某个黑势力的庇护所。你可以从这方面查查，注意安全哈，要是拿到十万块的通缉奖金，记得分我一半……"我没等他说完，直接把电话挂了。

芳草湖这边还真有个办证的，在某些圈子里很出名，会不定时地出现在附近高架桥下面，一般是下午四点到六点之间。我混在几个卖狗的中间蹲了三天，找到了这个大哥，问他身份证一张多少钱。大哥说2000块，不讲价，保证都是真的，尽量找和我相似的。我砍了半天价，发现大哥是真卖2000，就问他这段时间是否出售过身份证，并要求看他微信和支付宝的转账记录。大哥从包里掏出一根钢管，想要揍我，我说："你今天要是打我，只要打不死，我就一边跟着你一边报警。"他没招，给我看了他最近的转账记录，确实没有2000和2000的倍数，数字接近的都没有，说明近期可能没人在他这办证。如果对方给的是现金，我就无法查证了。

线索又断了，总让周庸住在人家姑娘家也不是事儿，我在网上买了两段8米的安全绳，打算铤而走险一下。要还是什么都查不到，就只能这样了。

第二天上午，我从周庸那顺了双始祖鸟的攀岩鞋，把两段安全绳拴在腰上，一根系在周庸腰上，另一根系在暖气片上，从张蓓家阳台爬了出去。我怼着墙面，拽着缓台，先往下爬了一层，发现二十四楼的空调外机上没有脚印，全是积灰，又爬回了二十五楼，喘了两口气，又爬到了二十六楼。二十六楼和张蓓家一样，空调外机上都有脚印，我又往上爬到了二十七楼，发现脚印没有了。也就是说，进张蓓家那个人，是从二十六楼出来的。

我趴在二十六楼窗户看了几眼，隐约看见屋里面有人，但由于角度问题，看不清具体几个，之后往下爬了一层，回到张蓓家。周庸把我拽进屋，帮我解开绳，问我有什么发现么。我说："有，咱得去楼上邻居家串个门。"

周庸上去敲了几分钟门，一直没有人开，但我刚才确实看见里面有人。

我和周庸回楼下坐了半个小时，去我车里拿了猫眼反窥镜，又到了二十六楼，从外边往里看。客厅里有三个年轻男性，一个人被绑在椅子上，另一个人正在拿着手机给他拍照，旁边还有一个人在围观。我让周庸也看一眼，拿着隔墙听，贴在门上听了一会儿，周庸小声说："这是绑架呢吧徐哥，咱用不用报警啊？"我说："报啊，但咱俩别报，下楼让张蓓报警，就说楼上喊救命。"周庸说也没人喊啊，我问他是不是傻。

我们下了楼，让张蓓报了警，然后假装邻居跟着上去看热闹，警方干敲门里面也不开。

周庸忽然凑过来问我一句："徐哥，他们会不会下楼到张蓓家跑啊，毕竟这么干过一次。"我说："走，赶紧下楼看看。"我和周庸跑到楼下敲门，进了张蓓家，冲到阳台，打开窗户，没有人下来。但忽然听见上面开窗户的声音，我和周庸都以为人要下来了，忽然看见几个像中性笔一样的东西从窗户被扔了出来。周庸赶紧下楼，把楼上扔的东西捡了回来，是几根电子烟，已经摔裂了。我看里面的烟油是绿色的,感觉不太对,拿起来闻了一下,发现是大麻烟油的电子烟——这种比正常大麻更难发现。

张蓓拿着几根电子烟,上楼给了警察,警察找了开锁的,进屋把仨人抓起来了。

我让张蓓跟警察说了有人进她家的事。过了两天,警方给她反馈了一下:住在她楼上的三个哥们,是自由职业,平时就抽抽大麻,拍拍短视频。但这段时间,仨人没钱了,他们就想了个损招,其中一个人假装被绑架,从他父母手里骗钱。假装被绑架的那个人的父母就住在张蓓家的小区,所以他们特意在网上找到逃犯的悬赏通告,贴得满小区都是。同时在小区里租了个房子,随时看他父母是否报警。如果报警,就赶紧假装逃出来回家,省得警察介入出大事。

为了不让父母报警,他们还伪造了把另一个人从楼上推下去的视频,说那人父母报警所以撕票了,其实是身上系着安全绳,跳到了张蓓家的空调外机上。正好那天张蓓听见楼上跳下来的声音,问了一句"你干吗呢",跳下去的人以为被楼下邻居发现了,就喊了一句"没干吗",然后赶紧爬了上去。等"赎金"过来了,他们不仅有钱抽大麻,还能就自己被逃犯绑架逃生的事,拍一些短视频博取同情,说不定还能火一把。

周庸听完说:"我说为什么只有这个小区贴了悬赏,原来都是他们自己贴的。"

我们收了张蓓的两万块钱,本以为这事儿就拉倒了。张蓓约了几次周庸,周庸也没去。结果快到5月的时候,张蓓忽然给我打了个电话。我问她怎么了,她说毒狗那人找到了——就是之前的那个逃犯。他一直混在一堆流浪汉中间,每天晚上睡在垃圾站,没钱买肉吃,看见流浪狗就起了坏心思,花十块钱买了瓶两百毫升的百草枯,在公园里给狗下毒,再把毒死的流浪狗拿回去煮了吃。没想到正常狗也被毒死不少。

警察问他为啥用屎下毒。他说没成本,而且狗改不了吃屎嘛。

夜行实录：床底的陌生人

WARNING
识别几种新型毒品

1. 开心水：也叫HAPPY水，无味、透明、液态状毒品，由冰毒、摇头丸、氯胺酮等新型毒品混合而成。

2. 奶茶：外在形态为粉末状，与咖啡粉奶茶粉相似，因此多用奶茶、咖啡、茶叶等包装掩饰，主要成分是氯胺酮、MDMA（亚甲二氧甲基苯丙胺）等，作用与K粉、冰毒相似，使人极度亢奋，容易上瘾。

3. 大麻零食：制作过程中掺入的四氢大麻酚或合成大麻素类新精神活性物质，并伪装成普通零食的毒品，比如大麻饼干、大麻蛋糕、大麻巧克力等，内含大麻物质，具有特殊气味。

4. 阿拉伯茶：学名叫"恰特草"，又称"东非罂粟"，在刚摘下来新鲜时外形酷似市场上的苋菜，晒干后像茶叶，毒效惊人，效果与海洛因相差无几，毒效惊人且成瘾性大。

5. 大麻电子烟：对于任何别人赠予的烟草和电子烟，都不要轻易尝试。

10

卫生间总有异味和滴水声，
女孩竟然入住带摄像头的凶宅

事件：房东夫妇勒索小偷事件
时间：2019年4月13日
信息来源：微博私信
支出：1200元
收入：待售中
执行情况：完结

夜行实录：床底的陌生人

已经停刊的《燕京时报》，曾报道过一条新闻——某房产中介做了一个燕市的"凶宅"数据库，记录发生过凶杀、自杀等非正常死亡事件的房子，大概有3000套。

这还只是他们自己统计的，实际数字应该更高。

也就是说，只要你在燕市租房或买房，就有可能遇上"凶宅"。

其实在中国所有的一线城市，凶宅都是数以千计的。

如果遇到这种情况，业主或中介没向你说明这是"凶宅"，就把房子卖或租给你，法律上是支持退钱并索赔的。

但更可能的是，你永远不知道你住的房子里，都发生过什么事。

2019年4月，有一个叫王文秀的姑娘，在微博上给我发私信，说："徐哥，你对凶宅和闹鬼感兴趣么？"

最近她感觉自己租的房子闹鬼，有点不对劲，敲门问邻居知不知道点啥。邻居也支支吾吾的，姑娘怀疑自己租了个凶宅。

我问她咋闹鬼了，她说总能听见滴滴答答滴水的声音，但请维修师傅上门检查，哪儿也没漏水。

而且3月份的时候，她请年假回老家邯郸，走时明明把电闸都拉了，回来时发现电闸又被人拉上了。

王文秀问我，自己钱不多，能不能2000块钱请我上门检查一次。规矩她都懂，可以把相关信息都写成故事或者出售给媒体，不用她真名就行。

我说："姑娘，咱得先说明白了，上门检查行，但我不是个做法的，虽然我不相信世界上有鬼，但要是真闹鬼，我肯定跑得比你快。"

她说："明白，你愿意来就行。"

4月13日，我叫上我的助手周庸，一起去了靠近芳草湖公园的一个小区。小区叫啥名就不说了，年代很老，1997年建的，七层楼没电梯。王文秀住在六楼，我爬上去，有点喘。

周庸说："徐哥，你这身板儿怎么弄的，我爷上楼都比你轻松，要不你歇会儿抽根烟？"

我说："滚犊子，快敲门。"

里面的人问清是谁后，一戴眼镜的姑娘打开门，个子不高，也就一米六左右，皮肤挺白的。

周庸问她是王文秀么，她说对，快进来吧，不用换鞋了。

我俩进屋以后，四处检查了一圈，找她说的滴水声，发现确实有，是从卫生间传来的。

周庸说:"徐哥,这卫生间怎么那么味儿啊。"

我说:"你就是有钱,一看就没住过老小区,燕市好多老楼下水道都反味儿,用再好的地漏都没用。"

王文秀说:"你俩听,你俩听,听见了吧,听见了吧。"

我说:"姑娘,卫生间管道多,有点滴水声什么的很正常,而且墙里也有水管,要想彻底检查明白的话,可能得把墙凿开。"

她说:"那就没有别的办法了么?每天晚上滴答滴答的,特别吓人。"

周庸说:"有,塞个超级马里奥进去,给你检查一下。"

我让周庸闭嘴,问王文秀租期还有多长时间。她说还有四个月,我建议她忍一忍,到期再搬走吧。

她说:"不行,肯定有问题,之前回家电闸明明拉了,又被人打开了,问邻居,邻居也不好好说话。"

不整明白咋回事,她心里闹挺。

周庸猜测,会不会是邻居家偷电,偷偷把她电闸开了,所以才不爱搭理她,怕多说多错。

我问了一下王文秀的用电量,发现每个月电费并不多,应该没有人盗电。

我让周庸去邻居家敲门,问问啥情况。周庸去旁边两家敲了敲门,都没人,有一家门口还贴了张纸,写着快递放门口就行。

周庸问我咋整,等着邻居回来还是怎么办?

我说用不着,因为除了邻居,还有一种人最了解各家房子的事——中介。

我问王文秀，她这房子是租的吧，她说是。

我点点头，打开一个租房中介的App，选了个离这小区最近的门店，在线约了一个已经干了8年的大哥，让他带我看房。

他问我什么时候到，我说十分钟，然后带着周庸下了楼，回车里取了500块钱现金，去了小区外侧一楼的中介公司，给大哥打电话。

我隔着透明玻璃，看见一个穿白衬衫黑西裤的大哥接了电话，冲他挥了挥手，他赶紧出来，让我和周庸进去喝杯水。

我说不进去了，边走边聊吧。

大哥说那不行啊，我看好哪个房或者想看什么样的，他得拿钥匙带我去看。

我说我不愿在屋里待着，憋挺，"咱就先聊聊，走吧。"

周庸说："对，他平时晚上就爱睡公园。"

中介大哥有点懵，但还是跟我俩走了，等走到他同事看不见的地方，我把刚从车里拿的500块钱现金递给他。

大哥没敢接，问我这是啥意思。

我说："没啥意思，想打听点事。我朋友租了个房子，就在这小区，她怀疑房子有点问题，问邻居都不告诉她，你能不能帮我打听一下，这房子死没死过人，或出过事儿啥的。"

他问我哪个楼，我说17号楼，602。

中介想了想，说好像有点印象，再回去确定一下是不是。

我说行，把500块钱塞他手里，让他拿着。

过了十分钟，大哥出来，说问了同事，还查了一下，确定17号

夜行实录：床底的陌生人

楼602是凶宅。

2016年的时候，有个小偷入室盗窃，没想到男主人在家，打斗过程中，被男主人抓起桌上的水果刀捅死了，后来房主因防卫过当被判了一年。

由于房子里死过人，老公还进去了，女主人觉得这房子风水不行，重新买了个房子，很快就把房子租出去了。

我问他："之前的租户搬走，是因为知道这房子死过人么？"他说这种事，业主不说，中介就装作不知道。反正最后隐瞒的责任算业主的。

"一般为了多租点钱，业主都不会说。"

我让周庸又回车里拿了500块钱，让中介大哥帮忙查了上一个租户的信息。

然后我俩回到王文秀家，跟她说了下现在的情况，姑娘一下有点不敢再住了，打算先住几天酒店，再找中介和业主要赔偿。

我和周庸送她去华平街的快捷酒店开房，结果王文秀说害怕，非让我俩去房间陪她说会儿话再走。

我正想咋拒绝，周庸咔一下就答应了，等送王文秀到了房间，这姑娘很快就和周庸聊起来了，一点没感觉出害怕。

她问周庸："你交过几个女朋友啊？"

周庸说："我又不是孙悟空，你问我这干啥？"

等下了楼，我问周庸孙悟空和交女朋友有什么关系，他说："这都是年轻人的梗，你不懂，跟你解释费劲。"

我后来特意上网查了这个梗，原来是从六小龄童老师那来的。

我打电话给上一个租房的姑娘，发现怎么也打不通，只好用微信搜索她的手机号，搜出了一个微信名叫Miss的姑娘，她的签名写着：如信息不回，+备用V：××××××××。

周庸凑过来看，说："徐哥，这姑娘是不是有点不太对啊，咋感觉有点不正经呢？像那啥。"

我说："对，像外围或者商务模特什么的。"

周庸说："对对对，你要是不说出来我都有点不敢说，怕说错了你再骂我。"

我说："你加她。"

周庸说："凭啥啊？我不好这口。"

我说："你是不是傻，让你和她聊天，谁让你干别的了。她一看你朋友圈里好车好表的，肯定爱和你聊。一看我朋友圈里啥也没有，肯定有戒心。"

周庸想了想，说行吧。

他加了那姑娘的备用微信，没多久就通过了，上来第一句话就问他是通过什么途径知道自己微信号的。

周庸说朋友介绍的，姑娘半天没回，估计是在看他的朋友圈，评估这是不是个靠谱的"顾客"。

过了几分钟，姑娘开始热情地给周庸回微信，并发来了一张价目表。

具体都多少钱我忘了，就记着包夜8000元，必须得是酒店，发了房卡对方才来。

为了取得她的信任，周庸到旁边的四季酒店开了间房，并把房卡发给了对方。

我说："房费你自己付啊，我可不给你报。"

他说："行，你要不提我都没想过这事儿。"

过了四十多分钟，有人敲门，周庸打开门，一个穿黑色连衣裙的白净姑娘走进来，看见我在靠窗的沙发坐着，说："诶，你们怎么两个人呀？"

我说："我就是好奇，和你聊两句就走，你喝水么？"

姑娘说："不喝，要不然我再给你找个姐妹吧，我没试过两个人。"

我说："真就说几句话。"

为了表示诚意，我让周庸先给她转了1000块钱。

姑娘终于坐下了，问我想聊什么。

我说其实我俩是通过她手机号加上的，我们最近正在做一个凶宅调查，搜集一些燕市的凶宅，采访一下曾经的住户。然后通过中介，知道她原来租住的那个小区，17号楼602是个凶宅，所以想约她聊聊，发没发生过什么灵异事件。

"你搬走是不是和凶宅本身有点关系？"

这姑娘特别懵，她一点也不知道那是个凶宅。

周庸问："那你为啥搬家，是因为工作需要么？"

姑娘说："不是，是因为我有一天发现，我的视频被发到了一个外国的色情网站上。"

"去年有个客人约我，到了酒店洗完澡，他忽然说看我眼熟，问我之前在没在南州做过——他在南州工作，这次来燕市是出差。

我说我都没去过南州。

他说不可能啊,绝对见过我,琢磨了半天,说想起来了。他打开一个P开头的外国色情网站,在上面找了一会儿,找到了一个我的视频,就在602洗手间的镜子前面,和另一个客人一起。

因为工作原因,我也不敢报警什么的,就赶紧搬家,以后只接酒店的活了。

虽然酒店也不一定安全吧,但总比自己家里一直有个摄像头强吧。"

我说:"有个不太礼貌的请求,我能看看那个视频么?你别生气,因为那个房子现在被我们短租下来了,我想看看那个偷拍的摄像头位置在哪儿。"

姑娘想了想,说行吧,拿出手机,找到和那个客人的聊天记录,点击网址想给我看,却怎么都打不开。

她说:"完了,这网站打不开了,估计是被查了。"

我说肯定不会,让她把网址发给周庸。

周庸打开手机里的"梯子",翻了出去,再点这个网站,就打开了。

我没好意思当她的面看,戴上耳机,去洗手间看了一下视频,大概搞清了摄像头的位置,从洗手间出来,我说有事儿,先走了。

周庸给我发微信:别走啊徐哥,你走了我咋处理。

我回他:你还想咋办,以身体不适为由,跟我一起走呗。

下楼等了周庸十分钟,他也下来了,说又给那姑娘转了500块钱当误工费,房间也给她了。

夜行实录：床底的陌生人

在地下停车场找到周庸的沃尔沃，开出来上了宾西园路后，我给王文秀打了个电话，问她还在快捷酒店么，她说是。

我说现在去找她，拿一下钥匙。

这时候已经晚上七点多，天早就黑了，我找王文秀拿了她家钥匙后，又去了602。

上楼开门进屋，周庸把灯打开，我让他赶紧关上。

周庸有点懵，问我为啥要摸黑儿呢？

我说等会就知道了。

不仅没开灯，我把电闸也拉了，俩人摸黑进了厕所，中间我还踩了周庸一脚。

进了洗手间，我打开手机的摄像装置，照了一圈，发现摄像头的位置没有红外线反应，没法摸黑偷拍，就让周庸去客厅找了个凳子，踩上去打开手机的手电筒，在墙的左上角处，发现了一个小黑盒子——找到针孔摄像机了。

这型号我用过，有动态监测功能，一有物体移动就拍摄，不动就不拍，我把它拆下来检查了一下，拆出了里面的4G卡，下楼到车里，给摄像头插上电，并用手机连上。

在云存储空间里，我发现所有的视频都是对着镜子在拍摄。

我拿工具上楼，又满屋检查了一圈，只有这一个摄像头——这事儿很奇怪，为什么只安装一个摄像头对着洗手台上的镜子，而不对着其他的地方？

如果是偷拍女孩的话，对着淋浴的地方和床，不应该更常见么？难道镜子有什么秘密？

为了不让监控断的时间太长,被监控的人发现,我拿摄像机在偷拍的同一个角度录了五分钟,把视频导入iPad里,然后让周庸去我家取了移动电视架。

破坏了声卡后,我把摄像头安回原位,再用电视架把iPad固定在正对摄像头的20厘米处,对准屏幕,调试了几次后,和原来看起来角度完全一样,我才把4G卡装了回去。

这样摄像头拍到的,就一直是iPad上播放的洗手台和镜子,并且听不到声音——我伪造了画面。

确定差不多能糊弄到监控的人后,周庸把镜子拆下来,我敲了敲镜子后面的墙,是空的。

我趴在上面听了一下,有嗡嗡的声音。

镜子后面有什么?

周庸说:"徐哥,咱把它凿开吧。"

我说:"现在晚上九点多了,你有没有公德心啊!又吵又闹的!街坊们不用睡觉了?人家明天还要上班呢,滚开!"

周庸想了想,说:"徐哥,你说的是不是《功夫》的台词?"

我说:"对,走,明天白天再来。"

走之前接了一个长的排插,把iPad充上电,然后我和周庸回家歇了一夜。第二天上午八点,我俩拿着凿墙的大铁锤来了。

八点半,估摸着邻居都出门上班了,我俩戴上防尘口罩和护目镜,开始凿墙,墙体很薄,没锤儿卜就粉碎。

周庸把破碎的墙体扒开,说:"徐哥,什么情况这是?"

我也第一次见——墙里面,有一个冰箱,正在嗡嗡地响着。

周庸问我:"滴水声也是冰箱发出来的么?"

我说:"应该是。"

他问为啥,说他家冰箱就不滴水。

我告诉他,频繁开关冰箱或者断电,会导致热空气大量进入到冰箱中或内部升温,形成冷凝水,冰箱的冷凝水如果不能及时排出,就会造成冰箱冷藏室有积水,滴答滴答,像中年大哥的前列腺一样。"你能不能先别在这儿十万个为什么了,先看看冰箱里是什么。"

周庸说:"成吧,回头你再给我细讲,就喜欢学习这些没用的知识。"

我想从下面拿起一个塑料袋,发现塑料袋已经和冰箱底部冻在一起了,我一使劲,直接把塑料袋扯碎了,一只冻硬的断手滚了出来,摔在了洗手盆里。

周庸说:"徐哥,你把它放回去,我可不放。"

我让他别说话,又拆开了几个塑料袋——应该是一个尸体的各个部分。

最上面的是一个人头,张着嘴睁着眼睛,死不瞑目。

我想起王文秀和那个失足的姑娘,她们每天出门之前,面对这扇镜子洗脸刷牙的时候,都不知道,镜子后面有一双空洞的眼睛,正在死死地盯着她们。

周庸吐完抽了根烟,问我接下来怎么弄。

我说先不要跟王文秀说,让她联系业主,商量提前退房。

周庸说:"那不行吧,业主现在嫌疑最大,一到这房子来,不啥都发现了么。"

我说:"那就让王文秀联系业主,说发现洗手间有个摄像头,约他出来谈谈怎么回事,不然就报警。"

周庸去跟王文秀交流这事儿,我让他们约在了吉曲街的一家面包店。我挺爱吃它家的肉桂卷。

俩小时后,一个膀大腰圆的大哥开了台长城过来,跟王文秀贼不客气,俩人没说几句,他就要打人。

周庸赶紧装路人冲上去拦着,结果大哥骂骂咧咧的,要连周庸一块儿揍,周庸打电话装报警,他才骂着人上车走了。

我没来得及等周庸,在后面开车跟上那大哥,到了芳草湖公园东门对面的一个小区,因为进不去小区,我把车停在公园门口的路边,也不管贴不贴罚单了——反正是周庸的车。

追上大哥,我看着他把车停在小区里,进了其中一栋楼。

等他进去三十秒,我按电子门假装住户,让人给我开了门,进去看电梯上到了十一层。

我也坐电梯到了十一层,转了一圈,发现有户人家很奇怪,安装着有移动物体监测的可视门铃,门上插着一把钥匙。

我琢磨了一下,敲了敲门,王文秀的房东打开门,问我什么事,我说看见他钥匙插门上了,提醒他一下。

他不太客气地说了句谢谢,拔下钥匙,把门关上了。

到楼下,数清房东家的窗户,我给周庸打电话,让他带着东西过来,顺便把车找个地方停了。

等到晚上十点多,房东家熄了灯,我和周庸又上了十一楼。

然后，我发现一件怪事——钥匙，又插在了房东家的门上。

像是他们故意的一样。

我跟周庸说："我进去看看，你打电话给你当警察的表姐报警，说摄像头和杀人的事，还说咱怕房东手里有王文秀的裸照或视频，怕他跑，所以到他家来堵着他。"

周庸说："明白了，你注意安全。"

我在门口犹豫了一下，轻声拧开钥匙，进去了。

正在门口站住，琢磨着怎么走，耳边忽然有人说话："你来啦。"

我转过头，房东大哥一手拿着手机照我的脸，另一只手拿了一把菜刀，正盯着我看。

他拿刀逼着我进到卧室，让我坐在地上，和他老婆一起把我绑起来，说白天就看我不对劲，贼眉鼠眼的，头发还挺长，肯定不是什么好东西。

我说："哥，别这样，我就想偷点东西。"

房东说："我也不为难你，入室盗窃，怎么着也得判个几年，你让家里给你拿20万，咱们私了，钱到了我就放你走。"

我开始和他扯犊子，说家里没钱什么的，大哥最开始还好言相劝，后来有点不耐烦了，拿出一把电钻，说："你要再扯，我就把你牙钻下来。"

我假装害怕——其实真挺害怕，给周庸打电话，说钱的事，他说："徐哥你放心，马上就转，马上就到。"

过了十多分钟，大哥正在等钱到账，门口又有人拧钥匙，大哥说:"嗨,今天还双喜临门呢。"拿着菜刀又去了门口。

结果冲进来几个警察,把他按倒在地。

晚上做完笔录出来,我们把王文秀送回了酒店——那个房子里的东西她都不要了,也不愿再回去。

过了两个月之后,周庸的表姐鞠优打电话给我,告诉我案情差不多清楚了,业主夫妻全撂了。

他俩有一次忘拔钥匙,进来个小偷被他们抓住了,小偷想跟他们私了,给了他们五万块钱。

俩人灵光一闪,一下找到了致富之路,从此之后,再也不拔钥匙,并设置了监控提醒,门口只要有人晃荡,手机就会提示。

专等小偷上门,并抓住对方敲诈勒索。

之前的那次正当防卫,其实是不小心给弄死了。镜子后面冷藏柜里的,是因为掏不出钱,被他们给折磨死了的小偷,而且小偷身上的伤口太多,没法伪装成正当防卫,所以分尸后,他们改造了卫生间藏里面了。

邻居之所以什么都不愿说,也是因为这夫妻俩平时就是恶人,特别能找事,怕牵连到自己。

我说:"怪不得他俩有钱再买一套房,但他们把那套房租出去,就不怕被租客发现么?"

鞠优说:"这个问题我们也问了。他俩说,租出去有钱啊,而且只能租出去,不能自己住。自己住在有尸体的房子里,不吉利。"

夜行实录：床底的陌生人

WARNING
租或买到凶宅怎么办？

向房管局投诉，中介和房东有告知义务，可以要求他们全额退款。

11

我和一个不认识的姑娘，
莫名其妙办了一场冥婚

事件：怕妻子发现出轨假死事件
时间：2018年11月
信息来源：田静
支出：周庸
收入：待售中
执行情况：完结

夜行实录：床底的陌生人

有些秘密，是人死后才发现的。

我之前说过很多次，国内大部分的伤人、杀人案件，都与感情有关。

燕市第一检察院曾统计过，近四年的所有杀人案里，因为不正当两性关系造成的情杀、他杀，占所有杀人案的48%。

这里面还不包含没有第三者介入，仅夫妻、情侣二人之间矛盾造成的惨案。

我下面要讲的事儿，是我的亲身经历，非常离奇，而且挺惨，也和男女之间那点事儿有关，整得我都有点不敢找对象了。

2018年的11月，我的朋友田静找到我，说约我吃饭。

那天我正在宾西园附近健身，就约她在夜行者俱乐部周边的一家西餐厅见面，我点了个芝士蘑菇牛肉汉堡，她怕胖，点了个烤鸡肉三明治。

她问我，吃热量这么高的东西，不是白健身了么？

我说:"你以为我健身为了啥?"

她想了想,说也是。

我问她找我啥事?

她说最近去了趟宜南,参加了一个女性平权圈的聚会。

中间认识了一个叫吴彤的女投资人,也是燕市的,四十来岁,对魔宙很感兴趣,拽着她一顿聊,说想要给我们投点钱。

她感觉这人不咋对劲,一般投资人最感兴趣的,都是公司的盈利状况,或者未来发展规划之类的。吴彤却一直在问很多关于我和周庸的个人信息,以及调查的事。

我说:"这一听就是想搞潜规则啊,现在是需要把我洗干净了给她送去,还是怎么着?"

田静让我别扯犊子,说:"我把她微信推给你,联系不联系你自己决定。"

我很快就加了吴彤——万一她是真想投钱呢?

没有五分钟,她就通过了好友验证,跟她客气了几句后,她问我什么时候有时间,说想和我见一面。

我说现在就有时间,刚晚上九点,我每天这时候才开始精神。

她说行,约我一个小时后在和光楼下的鲜啤吧见面,我说成,然后打电话叫上我的助手周庸,说:"咱俩一起去,等会儿万一她心怀不轨你好拦着她点。"

周庸说:"你想多了哥,我要去了就是你拦着她了。"

我说:"不用你说这些没用的,等会儿见了面我就揍你。"

到了鲜啤吧,我在门口抽烟,等了会儿周庸。我俩一起进去的时候，吴彤已经占了一张靠窗的桌，点了些薯条什么的。有两个外国老头常年在这儿泡中国女孩，天天晚上坐在吧台，我每次去都能看见。

仨人握手自我介绍了一下，她问我俩喝什么，我说都开车了，无醇的就行。

吴彤也没再劝，说："那行，我自己喝点。"

她点了杯艾尔，我和周庸喝的无醇啤酒，巨难喝，早知道还不如喝苏打水了。

这大姐自己灌自己，还没怎么说话，五百毫升的大杯，连喝了四杯，把自己整多了。

周庸凑过来，说："徐哥，这大姐烦心事儿不少啊。"

我问吴彤没事儿吧，是不是有啥不开心的，想知道影不影响对我的投资。

她说最近不太顺，老公王严上个月去世后，她发现了点奇怪的事，所以想找我帮忙调查。

但在微信公众号、知乎、微博上给我发了很多私信，我都没回复。后来知道田静要去宜南参加女性平权论坛的事，她特意也飞过去参加，才终于联系上我。

我说不好意思，人气多少有点高，私信看不过来。

吴彤说："你公众号人气高我信，你微博粉丝还没到十万呢，私信也看不过来？"

我说："那可不，贵在都是真粉啊。不说这些了，你找我到底什么事？"

吴彤说，上个月王严回栗南农村老家看父母，突发性心梗，人没了，她赶到的时候，看了一眼就下葬到祖坟里了。

她本来特伤心，回到燕市之后一直请假待在家，结果有一天收拾屋子时，在浴室的地漏里，发现了一根长头发。

吴彤自己是短发，但她老公是长发——她本来以为这根是王严的头发，拿在手里时想起俩人在一起的时光，特别想哭。

结果仔细一看，这根头发是棕色的。

她和王严都没染发，吴彤怀疑，王严在去世之前，可能有出轨的行为，希望我帮忙调查一下。

作为回报，她可以主导自己所在的投资机构，给魔宙投一笔钱，如果最后没成，她会自己掏20万作为补偿。

我答应了。

第二天上午，我和周庸去了吴彤家里，看了引起她怀疑的那根头发，确实是一根染成棕色的头发。

我问吴彤，王严的手机还在不在，她说不在家里，应该是在老家。

我让吴彤给王严的父母打了个电话，王严他妈说，手机衣服什么的，全都跟人一起下葬，放枕头旁边了。

等吴彤挂了电话，我忽然意识到一个奇怪的事——死人火化，为啥需要枕头？

而且之前吴彤也说，她见了最后一面，马上就下葬了，我当时没仔细想，现在一琢磨发现有点问题。

我问吴彤："王严老家是哪儿的？"

她说："吴山附近的农村。"

我说："他是土葬吧？"

吴彤问我怎么知道。

我说听他们话里话外不太对劲，而且吴山周边有些农村，确实还有土葬的习俗。2014年时，我曾经被人带着参加过一次，巨大的实木棺椁，据当地人说价格将近20万。灵堂在室外，是用白布搭的，特别大，上面彩绘着地府和八仙过海，八仙的面孔特别诡异。几个人一直在灵堂外放鞭炮，是那种特别响的，震得耳膜疼。

吴彤想了一下，还是告诉我实话，说确实是土葬，虽然国家现在规定必须火葬，但王严家坚持要求土葬。

为了不火化，他们会花几万块钱，去村支书那购买火化证，证明这人已经火化完了，然后把人土葬掉。

周庸说："不是，火化证不得火化了尸体才能开么，他们从哪儿整的？"

吴彤说，那就不知道了。

我和周庸在吴彤家找了一圈，把电脑、衣柜啥的都检查了一遍，没发现什么别的"出轨证据"。

接下来的两天，我去远广的一个写字楼，找到王严的同事和领导聊了聊，发现所有人对他的日常生活，都不太了解。

我和周庸商量了一下，决定去王严的老家看看。

开车到他老家，大概需要两个半小时。吴彤想和我俩一起去，我没同意，但让她提前给王严的父母打了个招呼，说我俩是王严的同事，代表公司去看看他们。

开车往吴山方向走的路上，周庸问我说："徐哥，你是不是觉着王严的死有点问题？"

我说对，我之前想过是不是他出轨了，为了和小三在一起，假死一把——但这代价也太大了，不至于啊，我看吴彤把他的户口都注销了。

现在身份证都是联网的，他要是假死被注销了身份，以后出门不仅坐不了飞机高铁，开房都开不了。

而且他死后夫妻财产都归吴彤，他要是离婚还能分一半，俩人也没孩子，过不下去就离呗，能咋地。

我们到了王严的老家后，他爸带着我们去村东头，看了一下他的墓地。

到了地方，发现有两个男的正在王严的墓地边上站着，王严他爸问他俩是干嘛的，他俩说是王严的同事。

我和周庸都有点慌，怕被揭穿了，结果王严他爸跟对方说我俩也是他的同事后，对面俩人更慌，连忙说他们是王严以前公司的，然后直接就走了。

周庸赶紧给吴彤打了个电话，问王严之前在什么公司。

吴彤说没有啊，王严毕业以后就进了远广的那家央企，一直没换过工作。

我让周庸跟上那两个人，过了一会儿，他打电话给我："徐哥，那俩人上车了，我还跟么？"

我说："你跟着，注意安全，别被发现了，有情况随时联系我。"

他说行。过了一会儿,他又打电话给我,说对方上了国道,正往燕市方向走。

我让他跟到头,看他们去哪儿。然后我一个人在村里瞎晃荡,等到凌晨一点时,村里彻底熄了灯,我又去了王严的墓地,开始仔细研究,看看能不能发现点啥。

正打开手机手电筒,绕着墓碑和土堆转时,土道上忽然有车开过来。

我跑了两步,躲在墓地边的树后面,打算等车过去再出来。

结果这台绿色的小卡车,开到王严家祖坟边上,就停下了,车斗和车厢里下来五个人,拿着铲子啥的,点上烟就开始挖坟。

我等了半个小时,感觉他们挖得差不多了,给吴彤打了个电话,让她赶紧联系王严他爸,说有人在挖坟。

王严他爸赶来时,几个人已经把棺材盖打开了,他爸拽住几个人,说:"你们把我儿子整哪儿去了?"

其中一个人把王严他爸推倒,说:"我们没动你儿子,我们刚挖完,打开棺材就没有人。"

他爸说:"别以为我不知道,你们是刘书记找来的人,亏我还给他塞了2万块钱。"

对方人多,很快就跑了,王严他爸拦不住,骂骂咧咧地走到路口去打电话。

我趁这机会,跑过去看了一眼,确实是口空棺材——那几个人说的是实话,里面根本就没人。

周庸再折腾回来的时候，已经凌晨四点多了，我上车暖和了一会儿，问他那边怎么样。他说跟到了北郊外窦家庄附近的一个小区，看他们进了小区里的一个门市房。

我说："行，咱先在车里对付一宿，明天早上看看这边还有没有什么事。"

第二天早上八点多，一群人往村委会赶，我和周庸跟过去，王严他爸正拿着一个卖菜用的那种喇叭，对着村委会喊：

"村支书刘旺刨坟掘墓，找人偷我儿子尸体，还收我2万块钱好处费，不是人，今天必须给我个说法。"

就这几句话，王严他爸反复喊，一群村民都凑着围观。

过了一会儿，一个人从村委会出来，拽了几下王严他爸，把他拽进屋。

俩人在里面待了俩小时，不知道达成了什么协议，最后王严他爸平静地出来，也不再闹了。

周庸问我这是什么情况。

我说："你还记着吴彤告诉咱俩，王严他爸找人买了火化证么？估计找的就是这刘旺。"

国家不让土葬，人死了必须得有个火化证明。想要有火化证明，就必须得烧个人。

王严他爸买的火化证，就是烧了别人得来的，然后他们把王严尸体偷出去，再替别人火化，就又能卖一家，下一家土葬的再偷出来，又能卖一家。

只要有人买火化证，这生意就能不停做下去，但那些人都不知道，自己家埋在地下的亲人，不仅肉身没了，连骨灰都没了。

这已经形成了一条偷尸产业链——估计还挺赚钱的。

周庸说："这可真是子子孙孙无穷尽也啊。"

我说："对，而且只要不把坟挖开，就永远没人知道尸体没了。"

一般要不是拆迁啥的，谁能把自己家祖坟挖了啊。

王严他爸估计心里也明白，儿子没丢，本来就是口空棺，钱要回来就行，说不定还能多讹点。

周庸点点头，说："都不是什么好东西。"

盗尸火化的产业链新闻有很多，这种事不是个例。

我们聊了一下，都觉着王严没死，于是在村里蹲守了两天，每晚睡在车里，轮流守夜，看着王严家，我俩人都臭了，也没发现王严的踪迹。

周庸和我商量，说："徐哥，不行咱先回市里看看那俩人咋回事吧，天天蹲村里也不是个头啊。"

我说行。

我俩开车回了燕市，先回家好好洗了澡。11月6日晚上，我俩去了窦家庄那个门市房。

这家门市房没牌子，大门紧锁，旁边有一家铁锅炖，户型差不多，我和周庸进去吃了顿饭，发现屋里还挺大的，地上两层，地下一层。

等到晚上八点多，有一台宾利停在了门口，里面的人下来打了个电话。过一会儿，小区里出来个人接他进去，我和周庸跟在他们后面,看俩人从小区里的后门进了一间门市房。

位置差不多就是那个一直锁门的门市房。

过了差不多三个小时,那人才又从后门出来,这期间又有一个开着奥迪A7的人进去了。

周庸说:"徐哥,这地方不怎么对劲啊,来的车都还行。"

我说:"是,咱得想想办法,进去看看到底什么情况。"

于是我俩连着好几天,都去旁边的铁锅炖吃饭,吃得贼想吐,然后和饭店老板套近乎,又递烟又叫哥的,把话题往旁边的门市房引,说我俩想做个密室逃脱的买卖,感觉旁边的房挺合适,问能不能给联系下。

大哥说:"旁边那家够呛了老弟,你要是问别的哥还能给你想想办法,他家每天晚上生意老好了,贼热闹。"

我问:"他家是干啥的,也看不见开门啊,是不是干的不是啥正经买卖。"

大哥说:"正经那肯定是不太正经,他家是带主题的,我一说就没意思了,你最好自己体验一下。"

我问能不能帮我俩联系一下,大哥说:"没问题,他家就是有点贵,一个小时12000,得先交5000块钱定金,不知道你俩能不能接受得了。"

我说那绝对没问题,让周庸给大哥转了5000块钱。

大哥微信找人聊了一会儿,把我电话留给对方,让我俩晚上十一点来——之前的时间都预约出去了。

过了一会儿,有一个姑娘给我打电话,问我是不是预约了晚上十一点的主题活动。

我说对,她问我选择中式主题还是西式主题,我问什么是中式,什么是西式?

姑娘说,中式就是冥婚,西式就是丧尸。

我说,那就来个中式的吧,姑娘说:"行,哥,那你是要当人还是当鬼?"

我说当人有点当腻了,当鬼吧。

姑娘说:"得嘞,你晚上到了打这个电话联系我。"

晚上十一点,我和周庸到门口打了电话,一个小伙出来接我俩,从小区里的后门进了店,让我俩先洗澡,然后给我们换上了唐装。

随后他把我俩领到两口棺材旁边,让我俩躺进去,说等下给哥哥们举行婚礼,"你俩躺在这演尸体,等送葬的人都散了以后,你俩想对新娘做什么都行。"

周庸说:"牛啊,真牛啊,这都是哪个小天才想出来的?"

我让他闭嘴,和他一起躺进棺材里,一群人敲锣打鼓,送来了两个穿着红裙子、披着盖头的姑娘。

又喊又吹唢呐的,一顿整事儿,然后把姑娘分别扔进了两个棺材里,压在我和周庸身上。

我本来想和去色情场所暗访的记者一样,借口身体不适,离开现场,但想到还得查王严的事儿,就跟姑娘说:"我能和你们老板聊聊么?"

姑娘特别敬业,开始崩溃地大喊:"闹鬼了,你怎么说话了。"

我说:"姑娘,你冷静一下,咱先别演了,我有话要和你说。"

姑娘说:"你真的死了么?"

我说:"对不起,虽然我此生还没对女性动过手,但你再不好好说话,我就给你一嘴巴。"

她说:"嗯,哥你说。"

我说:"我想和你们老板聊一下,你能给我找一下负责管事的么?"

姑娘从棺材里迈出腿,出去找人,过了一会儿,来了四个男的,问我什么意思。

我问他们认识王严么,其中一个人说:"那孙子,不是死了么?"

我问他们和王严啥关系。

他们说,王严欠了他们将近十万块的嫖资,本来看他有正经工作,在燕市还有房,才同意给他赊账的,还送人上门服务。结果没多久,人就死了,他们还派人去王严老家看了,确实坟都立起来了。

看来下水道里的头发,就是有人上门服务的时候留下的。

我跟他们说,王严可能是假死,但是人我一直没找着,估计就在家附近躲着——因为他户籍被注销了,不太好出远门。

又聊了一会儿,我们达成协议,他们去堵王严,找回来之后,让我和他见一面。

但今天晚上交的钱,他们不会退给我俩。

我说行。

五天之后,我俩又来到了这个"主题会所",见到了王严。

我俩说明来意,他说,他死也不回去见吴彤。

吴彤让他感到害怕——她平时控制欲特别强,每天都要检查王严的手机,就算在外面出差,隔几个小时也要和他视频一次。

"我是乡下来的,没什么积蓄,婚前吴彤让我签协议,买房子也得签协议,婚前协议,这么防着我跟我结什么婚啊?"

周庸说:"你咋不要脸呢,人家这么防着你,你不也跟人家结婚了么?你自己不要脸还指望别人硬塞给你了?"

王严说:"你不懂她有多变态,我每天贼压抑,被她管得都要疯了,所以她一出差我就疯狂地找小姐,把手机放家里,让她定位去,我借同事的旧手机换卡出去玩。你们知道我为什么留长头发么?就是因为怕我老婆在我身上发现根长头发,我解释不清。"

我问他至于么?

他说太至于了,有一次她找一个闺蜜来家里喝酒,俩人都喝多了。不知道为啥,他回到家后,吴彤的闺蜜就开始亲他。

过一段时间,吴彤给他看了段视频,一段她闺蜜蒙着眼睛被人强奸的视频。

王严吓傻了,被她逼着签下保证书,说如果出轨或者做对不起吴彤的事,就赔偿吴彤五千万。

我听到这里的时候,感觉有点不对了,因为吴彤之所以能找到我,是特意飞到宜南去堵田静。

确实感觉有点偏执。

王严受不了压力，疯狂地在外花钱玩，有一次被朋友带着玩了这个冥婚Cosplay，忽然有一个想法：这么下去，自己不是被老婆捅死，就是社会死亡，那还不如自己就直接假死了。

于是借着回老家的机会，他和父母商量，演了一出假死。

父母一听要赔五千万也吓坏了，陪着他演了这出戏。

第二天上午，我去找吴彤，大概和她说了一下这个情况，并让她解释，那段她闺蜜被强奸的视频是怎么回事。

吴彤告诉我，她是单角子宫不受孕，和王严一直没有孩子，特别怕王严出轨，所以故意找了一个失足姑娘，假装她的闺蜜，到家里演戏并勾引王严。

好让王严签下那个保证书，一辈子不敢离开她。

视频是找一个导演朋友拍的，十几分钟，花了二十来万。

我问她能给我看下视频么，她说可以，但我必须告诉她王严在哪儿。

我答应下来，和周庸一起快进着看了看视频，拍得特别真，怪不得王严会害怕。

离开吴彤家里的时候，周庸问我："徐哥，我看了两遍视频，怎么都感觉是真的。有没有可能吴彤根本没找小姐演戏，那就是她自己的闺蜜？如果视频是真的，她会不会把王严弄死？"

我说："导航，咱先去最近的派出所。"

夜行实录：床底的陌生人

WARNING
如何判断一家店是否正规

1. 是否只服务男性顾客。
2. 开关门时间是否都比较晚。
3. 是否长期关店，但经常有人进出。
4. 半夜是否有多个女孩打车离开。
5. 门口是否经常停泊许多车辆。
6. 顾客一般都在晚上造访。
7. 感觉从来没人去却开了很久。

12

半夜有个不认识的年轻女孩一直敲门，开还是不开？

事件：聋哑人代孕事件
时间：2020年8月10日
信息来源：老金
支出：周庸
收入：待售中
执行情况：完结

夜行实录：床底的陌生人

先问大家个问题。

如果凌晨一点，你一个人在家睡觉时，忽然有人敲门，透过猫眼，看见敲门的是个姑娘，肚子还挺大，好像是个孕妇。

你感觉她需要帮助，但还是得先问清才敢开门，但不管你咋问她是谁，有啥事，她都一句话不说，只是敲门。

这种情况下，你是否会给她开门？道德和安全，这时候哪个更重要？

是不是还挺难回答的——我有个这样的故事，可以聊聊。

2020年8月10日下午，老金给我打电话，问我在干嘛。

我说："我溜达呢，刚走到芳草湖公园。"

他说："你先别溜达了，来我家一趟，有点事儿跟你说。"

我说："咋的了，你前女友又找你复合啊？感情的事儿我不懂，你找周庸。"

老金说不是，让我快过去。

到了他家四合院后，我看院里坐了一个四十多岁的大哥，正在那抽烟。

见我来了，大哥站起身，老金给介绍了一下，说："这是我原来的老客户，方旭，方哥。方哥，这就是徐浪。"

方哥拿了根黄鹤楼漫天游递给我，说："没少听老金提你，来一根。"

我们仨坐下抽烟，聊了一会儿，谈到了正事儿。

前天晚上，方旭正在家睡觉，忽然听见有人敲门。

他看了眼手机，半夜一点多，去门口问是谁，没人答应。

方旭通过猫眼看了一下，是个姑娘，披头散发的，看着年纪不咋大，肚子还有点鼓。

他问对方有啥事，姑娘不吱声，只是一直敲门。

方旭没敢开，过了一会儿，旁边冒出来俩男的，把姑娘带走了，仨人也没说话，看起来像是一伙的。

第二天他问了邻居，都没碰见这事儿，只有他家被敲门了。

方旭有点害怕，所以找到老金，问有没有办法帮忙调查出来那天他家门口的仨人是谁。

老金已经不干夜行者这行了，所以找到我，问我能不能接。

我问方旭为啥不报警？

他叹了口气，又递给我根烟，自己也点上，说："这事儿说出来有点丢人。我不是刚结婚么，老金知道，他去参加婚礼了，然后我和媳妇吵了一架，她回娘家了。"

这几天我就憋得有点难受，犯了每个男人都会犯的错误，带了个姑娘回家。

我说："明白了，你带回家的是花钱的还是不花钱的？"

他说花钱的。

我说："懂了，你怕这是仙人跳，对方拿你嫖娼这事儿威胁你要钱，但你怕老婆知道，何况嫖娼还会行拘留案底，所以不敢报警。"

方旭抽了口烟，说对。

我说："行吧，你打算出多少钱平事儿？"

他说："我跟老金原来都是5万块钱起。"

我说："老金上次接活时，燕市猪肉还十多块钱一斤呢，现在不是那物价了已经。这样吧，你先拿5万块钱，到时候差多少咱俩再谈。"

方旭说行，他有点事儿先走，约我明天去他家里聊。

等他转完钱，离开老金家，我说："你这朋友不是啥好玩意啊。"

他说不是朋友，是老客户。

第二天上午，我叫上我的助手周庸，一起去方旭家，开车往那走的路上，我给周庸讲今天要去调查啥。

刚讲到半夜有个年轻姑娘敲门，周庸说："还有这样的好事儿？"

我接着说怀孕了，周庸说："啊，那不是啥好事儿。"

方旭家住在芳草湖地铁站边上，一个比较老的小区，六层楼没有电梯，他家住四楼。

我和周庸上了楼，发现他家门上还贴着喜字。

周庸说，这哥们连喜字儿都没揭，不管他要钱管谁要钱啊。

敲门换拖鞋进了屋，感觉房子面积还不小，得有个一百四五十平，就是装修旧了点，有股老房子特有的霉味儿。

坐下说了几句没用的，方旭掏出手机，给我俩看他叫"上门服务"的聊天记录。

包括服务内容，一些姑娘的照片，还有俩人的一些对话。

我又问了方旭点事，说："这很明显，和你联系的这个人就是中介，没啥价值。"

国内的"上门服务"，一般有两种模式。

第一种是团伙形式：一伙固定的人，控制着几个失足妇女，负责宣传联系和车接车送；

第二种是中介形式：一个人有很多失足妇女的联系方式，去街上和酒店里发卡片，在网上发信息宣传，联系方式留自己的，跟客人联系好再联系失足妇女，按单抽固定佣金。

这两种模式有一个分辨方法——他们都会要求你报销打车费，但方法不同。

团伙形式会管你要一个固定价钱，一般是个整数，五十或一百的。

中介形式会截图高德的预估车费，或者等失足妇女到了，直接给你看滴滴打车的行程，要求你报销。

方旭约的那个报销的打车费是32.4元，有零有整的，一看就是中介形式。

我解释完，方旭有点懵逼，说："老弟，一看你就是花丛里的小蜜蜂啊，这都总结出经验了？"

我说这不是经验，这是研究出来的，我就是专门干这个的，算了，越说越不对劲。

我让他把中介推给我，加了对方的微信，趁着等待的时间，我问方旭能不能让我们在屋子里转一圈，看看他家是不是有什么值钱的东西摆着，让人看出有钱，所以才被勒索了。

方旭说行，我带着周庸在屋里看了一圈后，中介还是没加我，我说我俩先出去吃口饭，下午再来。

他说："那就在家吃呗，我叫个外卖，整点儿好的。"我说不用了，正好我俩还有点别的事儿。

下了楼，回到车里，周庸问我："徐哥，你是不是有啥事儿要和我说？连饭你都不蹭了。"

我说："还真说对了，你能不能拿分析我的脑子去分析分析事儿？"

他问我要说啥，我说："你感没感觉，方旭有点不对劲？"

周庸说："没啊，挺正常的啊，是因为太热情了么？"

我说："你琢磨一下，你刚结婚，想嫖娼，在微信上和人谈价格啥的，虽然你媳妇儿没在家，吵架回娘家了，但聊天记录什么的你删不删？"

周庸说："肯定删啊，傻的才不删。"

我说："对，你感觉方旭傻么，不傻吧？所以我找借口，在他家四处转了一圈，发现有点奇怪。

"他家衣柜里没有任何女性的衣服,门口也没有女鞋,洗手间里的牙刷啥也都是单个的,洗浴用品等全是男性用的。他媳妇是不是收拾得有点太干净了,即使两口子离婚分家,也不太可能收拾得这么利索啊?"

周庸点点头:"是有点不对劲,那咱现在咋整?"

我说先吃口饭,吃完再说。

我俩到了附近的三河肉饼店,要了一斤牛肉饼,又要了点凉菜和粥。

吃完后,发现那个中介通过了我的微信申请,问我是否需要上门按摩,是去酒店还是家里,如果是酒店,要拍房卡给他看。

我说要去家里,晚点再联系,点开他的朋友圈看了下,都是一些什么"新茶到店,欢迎品尝"之类的隐晦宣传,还有些穿着暴露的美女视频和照片。

下午我俩又去了方旭家,问清了他那天选的姑娘,又让他和中介联系,重新再叫这姑娘一次。

方旭有点犹豫,说:"你俩也在屋里么?"

我说:"不在,我俩在楼下,你到时候发微信告诉我人对不对就行。"

他说那行。

方旭跟对方一顿联系,过了快俩小时,一个穿黑色长裙的姑娘上了楼,方旭给我发微信,说就是她,上次也是她。

我让方旭跟她套套话,问是不是对方拿这事儿威胁他想要钱。

过了四十多分钟,姑娘下楼,方旭给我回微信,说问了,她啥也不知道。

黑裙姑娘拿手机叫了个车，站在路边等，我和周庸也在路边发动车子等着，等她上车后跟着上了水钟桥，一直跟到民安大街附近的一个公寓。

公寓挺老，每户都带很大的露台，在燕市很少见，楼下还有一家专门喝日本威士忌的酒吧，我来过几次。

我让周庸找地儿停车，自己下车跟着姑娘进了公寓电梯，按了她楼上的一层。她下电梯后，我按住电梯的开门键，听见她开门的声音，马上冲出了电梯，趁她关门前，用手把住门，跟着她进了屋。

和陌生人一起乘电梯，一定要确定他没跟着你下来。

姑娘都吓懵了，让我出去，说再不出去她就喊人并且报警。

我说："你冷静，这楼里住的一大半是老外，因为疫情原因，这群人基本没回来，现在你前后左右可能都没住人，要是真遇上个脑袋发热的，你一喊说不定得没命。"

姑娘更害怕了，让我别伤害她，其他咋的都行。

我说："行，你把手机解锁给我看一眼。"

她疑惑地"啊"了一声。

我搜索了她的聊天记录，包括和中介的对话什么的，没发现她想勒索方旭的信息。

我又让她给中介打了个电话，询问对方是否勒索过嫖客，中介贼诚恳，说都合作好几年了，也挺赚钱的，啥时候有过这事儿。

下了楼，周庸问我有啥收获么，我说感觉和他们没关系。

周庸问我半夜敲门的孕妇是哪儿来的。我说不知道,说不定得从方旭的老婆那查一下。

我给老金打了个电话,问他方旭老婆的事儿,因为那天在他家聊天时,方旭为了和我套近乎砍价,故意把自己和老金的关系说得特好,还说老金去参加了他的婚礼。

结果老金说他也不认识,就是老客户邀请,落不下面子,去随了一千块钱的礼金,没太注意新娘长什么样。

我说:"那你当时在哪儿吃的饭啊?"

老金说了应平一个做北方菜挺有名的饭店,我说:"行,我去看一眼。"

疫情后很多饭店都黄了,结婚很难定位子,而疫情稍微好点儿后,很多人孩子都快生了,急着办婚礼。

一般这种时候,需要找和饭店有关系的婚庆公司才能订到。

我去了那家饭店,问饭店经理他们合作的婚庆公司是哪家,他给了我一个联系方式。

我打电话过去,说是方旭的朋友,问他还有印象么?

他说有印象,我说我想办一场和方旭差不多的婚礼,问他有没有时间出来聊聊。对方说没问题,让我去他们石海路边上的门店聊。

我和周庸开车过去,到地方后给婚庆公司的人打电话,一个男的到门口接了我俩,和我俩握手,说:"看你俩我就懂了。"

周庸凑过来,小声问我:"徐哥,他懂个屁了?"

我说我也不知道。

进了一个小隔间，他给我俩拿了两瓶怡宝，问："方旭和你俩说了咱这儿的收费标准了么？"

我说没有，他说："啊，新娘10000块两天，包括婚礼和陪见父母什么的，其他酒席什么的价位都不一样。"

听他这么一说，我就知道了，这是一家专门做假结婚的婚庆公司，一般都提供给那些需要应付父母的同性恋人或者不想结婚的人。

这个人以为我和周庸是一对，怪不得说话阴阳怪气的。

从婚庆公司出来，我给老金打了个电话，告诉他方旭应该是假结婚，他礼算是白随了。

老金说："这孙贼，你这次管他多要点钱，我就当随给你了。"

开车往方旭家走的路上，周庸说："难怪方旭家就他自己的东西，但是也不对啊，他也不是同性恋啊，还嫖娼呢，为啥要假结婚？"

我说："不知道，直接去问他吧。"

一到方旭家，我俩直接就和他摊牌了。方旭沉默了一会儿，承认自己是假结婚，说因为自己嫖娼成瘾，没法单跟一个人过，和人结婚也是害人家，不如就假结婚了，一个是让父母少担心一点，再一个也能把自己这些年随出去的份子钱收回来。

但是半夜有姑娘敲门和他担心被勒索的事儿是真的。

周庸发微信问我：徐哥，还接着查么？我回：查啊，咱是收钱的，又不是道德警察，他怎么烂是他自己的事儿。

老小区的监控很少,我让方旭去物业问了一下,得知小区里很多监控都是失灵的,拍不到他家单元。

我和周庸只好采取最笨的方法,看小区楼下有没有孕妇遛弯儿,拍下照片给方旭看,确认下是不是敲他家门的。

这小区孕妇还挺多,我俩两天拍了七个,可方旭一辨认,都不是那天晚上去他家敲门的。

但我们发现了另一件怪事儿,这七个孕妇,都住在同一个单元里。

第三天,我和周庸分别跟遛弯儿的孕妇上楼,发现她们都住在方旭家隔壁单元的202。

这事儿不太对劲。

那天下午五点多,我拿了一个乌克兰产的Protect手持信号检测器,打算在搜到这家的Wi-Fi信号后,看能不能放大信号好入侵路由器,或者减弱他们的Wi-Fi信号,让他们找人来修,我和周庸假装来检查网络的。

结果发现一个事儿——这家不用Wi-Fi。

周庸直接盖棺定论了,说:"徐哥,一群年轻人住在一起,不用Wi-Fi,肯定有问题。"

第二天凌晨的时候,我在202对面装了个无线针孔摄像,发现房间里住的不止孕妇,还有三个年轻的男性。

我和周庸趁这几个男的出门,开车跟踪他们,发现他们到了杏河湾一家叫"大彩虹亲子中心"的门店。

这家门店全天都有人进进出出,大部分是男性,我和周庸商量了一下，下车一起进去。

门口有个负责接待的姑娘，问我俩是不是来咨询孩子的事儿的，我说对。

她又找了一个经理出来，带着我俩进了一个屋里，说："既然您二位能找到这儿，说明对咱家机构应该有所了解，咱家可以看照片选择孩子的母亲，也可以看视频选。然后您大概确定了，可以把人领来让您见一面。一般像您二位这种情况，我推荐你们选择同母异父双胞胎，双胞胎里各有一个孩子和您二位有血缘关系，很多同性恋人来我们这儿都选择这种。"

周庸给我发微信，说：徐哥，咱俩这周第二回被人误会了，这帮傻的没长眼睛么？

我回：先闭嘴，聊正事儿呢。

听他解说完，我知道这家机构是干嘛的了——这是家专门给同性恋代孕的机构。

这种机构现在国内不少，但都不合法。

我和他聊了一会儿，看了看照片和视频，假装挑中一个人，然后让周庸交了一万块钱定金。过了两个小时，对方把一个姑娘送过来，姑娘一直不说话。

代孕机构的人告诉我俩，这都是公司规定，不允许代孕姑娘和客户交谈，怕泄漏个人隐私。

我和周庸约好过几天来提供精子，出去上了车。过了一会儿，那个代孕的姑娘出来，上了一台卡罗拉，我和周庸开车跟了上去。

由于赶上了晚高峰，车开了将近三个小时，跟到燕市和沽册交界的一个地方。

这个地方有几栋楼，但只有三四个房间亮着灯，像鬼城一样。

我和周庸远远地停好车进了小区，到一栋楼里，发现里面都是那种公寓式的走廊，每个走廊上有二三十个房间。

很多楼门口都挂着白花，或者白底黑字的对联，不像是给活人住的地方。

周庸说："徐哥，这什么地方？"

我说是专门放骨灰的楼——有的人嫌墓地太贵，会在郊区买这种小户型的楼，专门用来放骨灰。

这种骨灰楼在国内已经存在二十多年的时间了，南方尤其多。

我和周庸在外面数了数亮灯的房间，拿着隔墙听上去，却发现每个房间都没有声音。

我掏出猫眼反窥镜，从一个房间的猫眼看进去，一个大着肚子的姑娘，被锁在一个灵堂的旁边，桌子上的遗像在微笑，好像一直在用双眼看她，又好像在看门外正偷窥的我。

我让周庸报了警。

9月中旬，当时给我做笔录的警官联系我，说感谢我的举报，他们发现了一个聋哑人犯罪团伙。

因为聋哑人很难找工作，就有一伙聋哑人起了心思，在网上发信息，从全国各地找不好找工作的年轻聋哑姑娘，把她们骗到燕市做代孕。

平时就把她们锁在没人的骨灰楼里，怀孕后期为了不让孩子出事，才可以在被监管的情况下，住进一些市里的老小区。

夜行实录：床底的陌生人

可能有很多人不知道，控制聋哑人的犯罪团伙，一般也是聋哑人。

我曾经写过中俄列车大劫案，一伙中国人专门在火车上和俄罗斯人一起抢劫自己的同胞——现在和那时候也一样，在国外专门抢骗中国人的，一般都是自己的同胞。

你总想找一个和自己类似的群体，但和你一样的人和群体，不一定就是你的好归属。

那天我们看见的被绑在灵堂的孕妇，就是去敲方旭家门的那个姑娘，因为肚子里的孩子还有价值，所以被抓回来后，绑在灵堂里，不让她再去市里"养着"了。

这姑娘在楼上看见方旭家门上贴了"喜"字，确定他不是控制自己那群人的同伙，才敢敲门。

只是她无法说话为自己求救。

前天喝酒的时候，周庸问我："不是可以安装耳蜗，让聋哑人能听会说么？"

我说："你就是富惯了，那玩意，便宜的国产耳蜗也要十来万，很多人家里出不起这个钱。"

那帮囚禁代孕女孩的聋哑人这么想赚钱，或许只是为了给自己买个好点的耳蜗。

WARNING
半夜有人敲门怎么办

1. 别出声音,假装家里没人。
2. 检查门锁是否反锁,如果没有,把门反锁好。
3. 给物业打电话,让他们派保安上来查看。
4. 报警。
5. 打给住在附近的朋友,请求帮助。
6. 拿出手机录音录像。
7. 尽量给家里装一个电子猫眼,可以录像那种。
8. 无论他说自己是什么身份,都不要开门。

13

为了保住两个女明星的秘密，
五个小伙被送进了监狱

事件：瘾癖戒断师失踪事件

时间：2015年4月3日

信息来源：郑读

支出：4360元

收入：待售中

执行情况：完结

夜行实录：床底的陌生人

2015年4月3日，我的朋友郑读给我打电话，求我帮忙。

他想让我帮忙找个叫穆乐的人，这人是他以前干狗仔队时认识的，一个在娱乐圈里很有名的心理医生，很多艺人出现心理问题时，都会找他咨询，而且他收费很高。

郑读有时候会花钱，从他手里买一些明星们的小秘密——其实这些秘密都是明星主动和穆乐说，让他卖出去多赚点钱，好对那些真正不可告人的事儿保密。

但3月末时，穆乐突然失踪了，谁也联系不上他。

很多明星都慌了，不知道这人是不是被绑架了，怕自己的秘密哪天被曝光出来。于是有两个明星，通过自己的经纪人找到和穆乐有过合作的郑读，希望他能通过狗仔的调查手段，把穆乐找出来。说一定要快，越快给的钱越多。

郑读觉得我比较擅长找人，就联系了我，希望我能去一趟宜南，帮他找人，钱对半分。

他在电话里说:"我知道你快。"

我说:"咋说话呢,能不能多练习练习普通话。"

我问郑读这个心理医生是不是跟娱乐圈人接触得多了,起的艺名啊,听着跟老外似的,德国有个球星也叫穆勒。

郑读说:"不是,他就叫这个。"

4月4日下午,我在卓云机场下了飞机,郑读开着一台捷达来接我,我问他从哪儿整的这破车。

他说刚在二手车市场买的,开这车不起眼,不容易引人注意,大家一般不太注意穷人。

郑读带我在建新街边一家叫日日香的卤鹅饭店吃了份卤鹅饭——后来这家饭店好像改名叫陈鹏鹏了,味道不错,但最好吃的不是卤鹅,是卤蛋。

吃完后,他带我进了宁顺大厦附近的一栋写字楼里,上了二十二楼,来到穆乐的工作室。

我俩进去的时候,正好一个戴着大墨镜的女人出来,等她走远了,郑读说:"这是圈里的大经纪,×××和××都是她带的。"

我说:"啊,和我有什么关系?"

他说:"有关系啊,给咱俩的钱她会出一部分。"

我说:"那是挺厉害。"

穆乐的工作室挺大的,里面种了一大堆花啥的。他的助理介绍说是打通了三间办公室,总共五百多平。

我和所有工作人员都聊了聊,他们全都一问三不知,除了穆乐的女助理,别人都没咋和他接触过。

夜行实录：床底的陌生人

这人平时就往办公室里一猫，也不知道捅咕啥。

女助理知道一点，说他最近在忙一个姑娘的事儿。有一次她进去送水，看见那姑娘正把上衣撩起来给穆乐看，身上密密麻麻的全是伤疤，有新有旧，不知道是谁干的，贼吓人。

然后女助理就被撵出去了。

穆乐收费挺贵，来找他的基本都是有钱人，一个小时好几千块钱，我感觉是不咋值。

我对心理医生稍微有点偏见，不太相信这一套。因为我见过的破事儿太多，精神状态一直都不咋好，平时睡不着觉，一天就两三个点的睡眠时间，还一直做梦，有点声就醒。

一开始我看了很多心理医生和精神科大夫，国内的国外的，甚至跑到德国去看，花了很多钱，最后还是只能靠吃药解决。

在我看来，心理问题和精神问题，只能吃药缓解或者自我康复，找心理医生没啥用。

郑读说，前几年他被南边道上一个大哥警告，不让他去那边当狗仔，失业后，感觉挺压抑，还找穆乐聊过，感觉确实有点用。

我说："就是和你唠嗑呗？"

他说："对。"

我说："那你把那钱给我多好，不打针不吃药，坐那就是和你唠，找他不如找我了，我比他能唠，还不用睡觉，随叫随到。"

郑读让我别扯了，干正事儿，问我咋想的。

我说估计有三种可能：

1.他知道了啥不该知道的事，有人想让他别说话。

2.他知道了啥不该知道的事，自己害怕，藏起来了。

3.来他这儿看病的，多少都有点心理疾病啥的，指不定因为点啥就把他干掉了。

郑读说："有道理，那咱先看病例？"

我说："行。"

他让女助理把最近一段时间来访病人的病例都调出来，女助理有点不敢，我说都啥时候了，还保密呢，人出事了就啥都没了。

姑娘这才同意，过去开了穆乐的电脑，输入了密码。

因为穆乐收费贵，每天来的病人不多，我和郑读翻了最近半年的病人档案，也就用了半个多小时——确实挺多明星。

出于保密，病历上没写具体是啥心理疾病，就写了看病的时间，这让我和郑读没法通过病人的具体情况，分析可能产生的问题。

于是我把女助理叫来，让她根据日程表，把最近一个月过来找穆乐咨询心理问题的人列出来，打开免提，挨个打电话联系，看看有没有什么线索。

这个是调查失踪时最基本的套路——如果有人失踪了，先找最后接触他的人。

打了二十来个电话，接的都说最近没联系过，有仨人没接电话，其中两个是明星，都是工作人员接的，说在组内拍戏，最近都不方便接电话。

另一个是叫陈欣怡的姑娘。看她病例上的照片，是个挺好看的姑娘，短发，很白净。女助理凑过来说了一句：这就是那个一身伤口的姑娘。

由于实在没有线索，我把目标定在这三个没接电话的人身上。那俩明星，郑读找圈内的人帮忙联系。之后我俩就开车去陈欣怡的家——逢年过节时，穆乐会给大客户邮点月饼啥的维护关系，所以工作室里有陈欣怡的地址记录。

她住在前水区靠海的一个高档小区，房价很高，除非我的书能卖得和《哈利波特》一样多，否则我这辈子是买不起了。

陈欣怡住在D栋的二十二楼，电梯是透明的，上下时能看见海景，恐高的人估计住不了这个小区。

我们到她家门口敲门，听见里面好像有声音，但一直没有人来开门。

我从燕市过来时坐的飞机，隔墙听、猫眼反窥镜之类的工具都没敢带，怕安检问起解释不清楚，只能硬通过猫眼往里看。

墙角隐约有个人，但也看不太清。

我贴着门时，忽然闻到股怪味儿，我让郑读过来闻，他也闻到了，说："什么味道，这么恶心？"

我说："死人的味道。"死人味儿真的很特别，只要闻一次，一辈子都忘不了。

尤其是尸体开始发臭流出体液的时候，只要一闻，就会反胃——我试过，闻其他动物尸体的味道时，都不会有这样的反应。

同类尸体带来的不适反应，可能是不管咋进化，都无法消除的动物本能。

我俩一直敲门，说是她心理医生穆乐的朋友，想问她点事儿，不用开门，隔着门聊也行。

但屋里一直没反应，过一会儿物业上来了，问我俩是干嘛的，有业主给他们打电话，说我和郑读不像好人，让我们赶紧走。

我俩没办法，只好先离开。过了三个小时，天开始黑了，我们才又溜进小区，在D栋楼下，数到二十二楼，二十二楼的两户全亮着灯，证明屋里确实有人。

郑读说："不太对劲，她总不至于有人敲门一句话都不跟咱俩说吧，是不是一提穆乐她心里有点别的想法？"

我说："有可能，现在上去估计还是不会给咱俩开门。要不然咱俩先上楼，在楼梯间里藏着，等等看。"

我俩坐电梯上到二十一楼，再从楼梯间步行到二十二楼，把防火梯的门打开了一道缝隙，监视着走廊里的情况。

结果陈欣怡没开门，她的邻居倒是打开门，四个穿着黄色外卖服的小伙，说说笑笑地走出来，说的是方言，听着像粤语，但又有点不一样。

我问郑读："这是粤语么？"

他说不是，听起来像，但不是。他也不知道是哪里的方言。

这栋楼两梯两户，一层只有两户，每户两三百平。

那几个年轻小伙住在这种地方，就算房子不是自己的，租金一个月起码也得几万，应该不需要送外卖啊。我问郑读，是不是觉得他们在Cosplay外卖小哥？

郑读说："不对啊，他们衣服都不咋干净，感觉像真送外卖的。"

夜行实录：床底的陌生人

我和郑读趁他们等电梯的时候，跑到了二十一楼，也按了向下，和他们搭乘同一部电梯下楼，跟着他们走到小区门口，看他们上了几辆踏板摩托，每台摩托后面都有一个用来放外卖的箱子。

郑读说："这是家里让出来体验普通人生活么？"

我说："备不住啊，但和咱没啥关系，咱再上楼去瞅瞅吧。"

到了楼上之后，我发现一件事——陈欣怡邻居家还有人，她住在2202房，但对门2201一直有人在大声地放歌，而且都是那种夜店常放的嗨曲，非常吵。

我和郑读躲在防火梯里，查到小区物业的电话，给他们打电话，说二十二楼有人在放歌，特别吵。

没几分钟，物业的人上来，敲了2201的门。

一个穿着Polo衫的年轻男性打开门，问什么事儿。物业说让他放歌小点声，他说知道了，回屋关了音乐。

等物业的人走后，那个男的又打开门出来，到走廊里，疯狂地敲陈欣怡家的门，说："是不是你举报我放歌的，你给我出来。"

我和郑读都觉着陈欣怡肯定不能开门，结果很快我俩傻眼了——门开了，那个男的薅着陈欣怡的头发，给了她几耳光，说就是她举报的，并警告她别再瞎管闲事儿。

陈欣怡不说话，就硬挺着挨揍。

那男的打了一会儿，看她没反应，骂骂咧咧地回屋了。

我和郑读正憷着呢，忽然看见一个挺吓人的画面——陈欣怡抬起头，"嘿嘿"笑了两声。

然后她走回屋，把门关上了。

过一会儿，2201房间的音乐又隔着走廊响起来。

郑读用他的潮汕普通话骂了句。

我忽然想起了在门口闻到的尸臭味儿。

郑读又给物业打了个电话，说二十二楼还在放歌，物业又上来敲门，2201的小伙又把歌关了。

没等他再去陈欣怡家敲门，我和郑读就先去敲了，假装是邻居，抱怨她找事儿。

陈欣怡很快开了门，我俩把她推进屋，关上了门。

她不说话，就直勾勾地盯着我俩看，我说："姑娘，你别这样，太吓人，我就是想问点问题。你知道穆乐失踪的事儿么？"

陈欣怡说："去你妈。"

我说："你别管我妈，你妈知道你有精神病，天天找揍的事儿么？好好跟你聊还不行，你要是不想进精神病院，就好好说话。"

她说："就不好好聊，你打我啊。"

我说："你有受虐癖吧？找穆乐看病，身上一身伤疤，别人打你你你嘿嘿乐，还一直挑衅我俩，希望我俩动手，也不报警。受虐癖分两种，快感型和自我惩罚型的。你应该是第一种，受虐有快感，现在快感已经成瘾了吧。"

陈欣怡又不说话了，过一会儿问我是不是心理医生，是穆乐的同事么。

我说："不是，我就想知道穆乐怎么了，我闻见你门口有一股尸体腐烂的味道，穆乐现在还活着么？"

她说不知道什么尸体腐烂的事，也不知道穆乐在哪儿，十多天

夜行实录：床底的陌生人

前她和邻居产生了点口角，被打了一顿，感觉特别爽，发微信给穆乐，问怎么办。

穆乐让她在家等着，一会儿就过来，再之后发微信就不回了。

我看了她手机里的聊天记录，确实是这么回事。

绕着她家看了一圈，每个角落都没啥问题，尸臭味好像只有门上有。

这时候郑读说："如果病人有这种病，被邻居打了一顿，穆乐来这里，是不是有可能先跟对门的邻居聊，让他们别动手？要不然咱俩去邻居家看看？"

我俩出门往2201走，越往那走，我就越能闻到那股尸体的味道。

陈欣怡家只有门上有这股味道，邻居手上怎么会蹭到这股味道？这味道又怎么被抹在陈欣怡家门上了？

我跟郑读说："不对劲，要不然报警吧。"

郑读打了个电话，说2201闻着有股尸臭味儿。警察来之后，没发现尸体，却发现了被囚禁的穆乐，他们逮捕了住在屋里的五个小伙。

最后发现，对门住着的五个人，是五个小偷。他们最开始只是伪装成外卖员偷电瓶，放在送餐箱里，不容易被人发现。

后来开始进楼踩点，看哪个房子里只住着老人啥的——反抗能力弱，喜欢用现金。

陈欣怡的对门本来住了一个老头，因为和子女关系不好，死在家里没人知道。

他们五个人摸进屋时，发现老头死在了浴缸里，已经臭了，想着能省笔房租，就住了下来。

结果老头越来越臭，他们感觉要瞒不住的时候，因为臭味和隔壁的陈欣怡发生了争执，揍了她一顿，结果穆乐就上门了。

我和郑读一起去派出所接了录完笔录的穆乐。

在车上，他告诉我俩说："我怕陈欣怡出事儿，去她家找她，怎么敲门都不开，然后我寻思不如先跟她邻居商量，有什么事儿别动手，结果他们刚一开门，我就感觉不对劲，太臭了，不是正常的臭味儿。我转身要走，到楼梯口刚要报警，就被这几个豆子鬼给抓回去了，他们从厨房找了个玻璃盆，让我一盆一盆地从浴缸里把尸液舀出来，倒进马桶里冲掉。然后他们又逼着我，用菜刀把尸体分成了好几段，给他们带出去扔掉了。"

我说："陈欣怡没告诉我俩，你去找过她。"

穆乐说："我能理解，她怕2201的人被抓进去，她贪恋那种挨揍的感觉，所以没报警。"

我说："老头要是死在地板上就好了，尸液会渗透地板，滴到楼下，被邻居发现。他死在浴缸里，你就遭罪了。"

郑读说："咱别聊这事儿了，刚大风大浪过去，聊点轻松的吧。"

我说："行。"转头问穆乐："八卦一下，来找你的明星是不是很多都有特殊的瘾癖。"

他说："是挺多，其实我不是什么心理医生，是个瘾癖戒断师，专门帮助他们戒掉一些奇怪的癖好或上瘾的东西。比如说，有个女明星特别喜欢运动员，看见运动员就受不了，我就不和你说是谁了。"

我说："行，以后再细聊这件事儿，一定要事无巨细地给我讲讲。"

WARNING
朋友或家人患有精神疾病时，作为他们身边的人你该如何照顾好自己

当身边亲密的人患上精神疾病时，你可能会因为照顾他而忽视了自己的需求。只有当你保证你自己的身心处于良好状态时，你才能更好地给予他们支持，帮助他们康复。

1. 保持你自己的生活状态

    帮助精神疾病患者可能会让你在生活上有所调整，但请不要放弃你自己想做的事，忽视你自己的生活目标。你可以继续参加那些带给你快乐的活动，与你的朋友保持联系。

2. 寻求情感支持

    照顾精神疾病患者可能让你感到痛苦而孤立无援。你可以和你信任的人说说话，告诉他们你现在的苦恼，获得你自己需要的情感支持。心理咨询和支持小组同样可以帮助到你。

3. 设定边界

    你需要对自己能给予精神疾病患者多少支持抱有切合实际的态度，不应为了帮助他而过分为难自己。想想你愿意付出多少努力帮助他，并让自己不轻易越过这一界限。

4. 调节自己的压力

    压力会对你的身心造成伤害，所以学会调节自己的压力是十分重要的。规律饮食、充足的睡眠和运动都可以帮助到你。你也可以通过练习一些放松技巧来缓解压力。

5. 寻求他人的帮助

    如果你无法给予精神疾病患者足够的支持，你也可以寻求他人的帮助。你可以问问他的其他亲人好友，或是联系相关的支持团体。

14

为了帮大V找失踪女友，
我不得已看了26张男明星的裸照

事件：失踪空姐培训失足妇女事件
时间：2020年8月13日
信息来源：丧坤
支出：720元
收入：待售中
执行情况：完结

夜行实录：床底的陌生人

    下面讲的是一个和约炮有关的故事，挺离奇的。

    约炮永远是个男性需求市场，在哪个国家都是。英国的Channel 4统计过一个约会软件泄漏的资料，男女比例差不多是16:1。也就是说，一个男的想约一个姑娘，平均得战胜15个同性，比动物世界都惨烈。

    这导致很多人从中看到了商机。当一个男的用探探、陌陌、Tinder之类的软件，试图和姑娘搭讪时，经常会惊喜地发现，有漂亮姑娘主动和他搭讪。

    其实和他们搭讪的，大概率不是一个诚信交友的姑娘，而是个知道对方正用下半身思考，希望靠这赚点钱的人。

    他们这些人有可能是老鸨、诈骗犯甚至从事更隐秘行业的人。

    为啥想起讲这个事儿了呢，因为过完十一假期回到燕市后，我的助手周庸请我吃火锅，九宫格，贼辣。

    我正准备吃一块酥肉的时候，周庸忽然问了我个问题："徐哥，你约过么？平时也没看你身边有姑娘什么的，是不是背地里挺那啥的。"

我把酥肉放回盘里，说："和你有什么关系，而且你把话说明白了，什么叫我挺那啥的？"

他说："咋说呢，衣冠禽兽吧，表面一套背后一套那类型的。"

我说："没那回事，你也不是不知道，我失眠，作息时间和正常人不一样，白天不咋出门，别人睡着的时候我都醒着，别人醒着的时候我也醒着，没啥时间和人接触。"

周庸说："明白了，你现在身体不好。"

我从火锅里夹了块辣椒给他，说："你可真是个大聪明啊，多吃少说话。"

逼着周庸吃了辣椒后，我想起了2020年8月，自己被逼去约炮的那件事。

8月13日上午，我的朋友丧坤发微信给我，告诉我网上有个大V找他，说自己前女友联系不上了，可能出事了，想问能不能找我帮帮忙。

有段时间，我曾把丧坤的微信号发在我的公众号上，希望有线索或故事的人能和他联系，他再帮我筛选一下，把有用的线索发给我。

结果他十了一个月，就觉得太累了，小十了，抱着一种功利的心态，留了点他觉得可能有用的人，其他人全删了。

这大V，就是他当时觉着将来可能有点用的人，结果他还没用

夜行实录：床底的陌生人

上对方，对方就把他先用了。

这大V我听说过，全网有几百万的粉丝，各个平台都很活跃，应该是有点钱。

我问丧坤具体怎么回事。

丧坤告诉我，半个月前，这个大V出轨了，被女朋友抓到，吵了一架后，两人分手了。

一周之前，他看见前女友发了个朋友圈，说：再见了，世界。

他怕女方是因为他出轨分手的事儿，想自杀什么的，牵连到自己，于是试着跟对方联系，但咋都联系不上。

发微信不回，打电话不接，去家里找也没人。

这哥们慌了，还不敢联系女方的朋友和家人，怕挨骂，于是想到了朋友圈里的丧坤，问他能不能联系上我，帮忙打探一下前女友的近况。

我说："这哥们儿挺不是东西啊，这就是怕被人曝光了前女友因为自己出轨自杀，所以害怕吧。"

丧坤说："他出五万块钱，就想知道他前女友现在咋样。你接不接吧？接我就把他微信推给你。"

我说："接啊，他是啥样人和我又没关系。"

第二天上午，我在月亮港的星巴克和这哥们儿见了一面，说他真名不太方便，我就叫他李强吧。

李强给我看了他前女友上周发的朋友圈。我说能看看他俩的聊天记录么，他考虑了一下，说行吧，点开跟前女友的微信聊天框递给我。

我看了一下，除了最后他发过去对方没回那些信息，前面基本上都是李强前女友通过对话和语音方式对他进行批判和辱骂。

没啥有用的信息。

看完后，我又递给周庸看了一下，问他看出点啥没有，他说："看出来了，人在生气的时候就不发表情包了。"

我让他滚犊子。

我和李强又聊了一会儿，让他把前女友的各种联系方式和住址、工作地点啥的都给我，连微博和ins的账号都要来了，全都看了一圈后，发现他前女友叫张晓，是个空姐。

李强问我还需要啥，我问他，张晓用没用过他的淘宝京东啥的？

他说用过，我拿出来看了一下里面保存的地址，又找到了张晓给她父母买东西时，留下的住址和电话。

回去之后，我和周庸先把张晓所有的微博、ins啥的又看了一遍，找到了二十二个给她留言或者和她互动过的人，再看这些人最近发的东西里，有没有张晓的信息，并用自己的账号给他们发私信，问最近和张晓有联系么。

两天里，其中十三个人没回复我俩，九个人问我们是谁，我在回复之前，会先给李强看，这个人和张晓是什么关系。

如果他不认识，就根据这些人发在网上的信息，判断他们是张晓的朋友、同学还是同事。

根据不同的人，回复不同的信息，同事就说是朋友，朋友就说是同事，不好判断的就说是前男友。

但没一个人知道张晓去哪儿了,她其中一个同事在微博上问我找张晓干嘛。我说我是张晓高中同学,想找她参加同学聚会,但打电话没人接,联系不到对方。看见她给张晓留言,感觉她俩是同事,所以发私信问她,能不能帮忙联系上张晓。

她的同事告诉我联系不上。疫情期间,国内航班减少很多,国际航班基本没有了,空姐是个靠飞行里程赚钱的行业,基础工资很低,所以很多空姐赚不到钱,都选择了停薪留职,去找其他的工作。

张晓就是其中一个,已经很久没去上过班了。

我和周庸没办法,只好把目标转向张晓的父母。

8月16日下午,我和周庸去了张晓的父母家——她父母已经退休了,从老家过来陪张晓,目前住在临安湖滨路,一栋张晓贷款买的房子里。

张晓买给她父母的房子在湖滨路博物馆附近,她平时不住在这里,而是和李强住在成田门,要不是要去找她父母,用地图查了一下,我都不知道湖滨路还有个博物馆。

我俩到后上了楼,敲门没人开,我就让周庸打了个电话,说是送快递的,问家里有人么。

张晓她妈接了电话,说一会儿就回去,让周庸先放门口。

我俩商量了一下,决定在走廊的防火梯里等着。

我让周庸把手机静音,别张晓她妈一回来,看见门口没快递,再给周庸打电话。

等了大约半小时,我俩听见有说话和开门的声音,一个女的问:"哎,咋没看见快递呢?"

旁边男的说不知道,让她打个电话问问,然后听见一声关门声——过了十几秒,周庸的手机就来电话了,是张晓她妈打来的。

我让周庸先别接,等了十几分钟后,我俩又去敲门,张晓她爸打开门,问我俩干嘛。

周庸按照之前商量好的,说我俩是张晓上班的航空公司的,调研一下员工停薪留职的生活状况,并问张晓在不在。

她爸说不在,张晓一直不和他们住在一起,并拿手机给张晓打了个电话,但没人接,抱怨了一句,说:"这孩子,总联系不上。"

我说我们联系不上张晓,让她有空回公司一趟,并问他上次和张晓联系是啥时候。

他爸说是前天,又往屋里喊了一句,问张晓她妈:"上次闺女打电话是不是前天?"

她妈说对,问咋了。他爸说没事,又和我们闲聊了几句,问什么时候航班能多点,空姐转地勤待遇怎么样啥的。

最后还夸公司好,说毕竟是国企,这几天都来调研两回了。

跟张晓他爸聊完,回到周庸的M3里,他递给我根苏烟,我说:"你平时不抽这烟啊?"

他说:"这两天有点咳嗽,抽点柔的。"

我说:"那你把口罩戴上。"

他说:"我戴上咋抽啊,徐哥,你不感觉有点不对劲么?"

是挺不对劲,张晓和朋友、同事、前男友都没联系,打电话也不接，却经常给父母打电话。

而且除了我和周庸外，竟然还有别人来她父母家里找过她。

我又联系了微博上那个张晓的同事，问她航空公司是否有派人去停薪留职的人家里调研。她让我等等，过了一会儿回复我说，问了两个停薪留职的同事，都说没这回事儿。

周庸凑过来看了一眼，说："那之前去张晓家的人是谁啊？"

我说："不知道，有点饿了，先找地方吃口饭，等会儿再去张晓家问问她父母——没想到这五万块钱这么难赚。"

周庸拿大众点评找了一家评价还行的羊蝎子店，打开导航往那边开，刚上了清云大街，周庸忽然跟我说："徐哥，后面有辆帕萨特在跟着咱。"

我说："大众所有车都是一样的前脸，你咋一眼就看出是帕萨特的？"

周庸说："你这么一说，我也有点不确定了，那也可能是迈腾，不管是啥吧，刚才我看错导航了，没来得及打转向灯，就着急左转了。结果咱后面那大众也没打转向灯，直接就跟过来了。"

我说："你再开一段，咱看看啥情况。"

周庸又开了十多分钟，那辆车一直跟在后面。

我让周庸故意忽然减速，缩短和后车的距离，透过后视镜看了一下，对方车里好像就一个人。

在靠近燕市老百货商城的时候，我让周庸停车，然后下了车，快速进了商场里。

对方犹豫了一下，该追人还是追车，但可能感觉车没办法抛弃，就接着追周庸去了。

我打电话给周庸，告诉他慢慢开，别兜圈让对方发现了。

他说："徐哥，那也不能一直开啊。"我说："你别慌，我找个车跟上他你就走。"

我下了个共享汽车的App，在附近找到了一台奇瑞，扫码上了车，打电话问周庸开到哪儿了，他说湖燕高速附近，用微信发了个位置共享给我，我赶紧开车过去找他。

二十多分钟后，周庸的M3和他后面的大众进入了视线，我从车屁股处看了一眼，那确实是辆帕萨特，给周庸打电话，让他可以走了。

周庸两脚油，帕萨特就跟不上了。

帕萨特跟周庸的M3费劲，我开这破车跟帕萨特也费劲——这台共享的奇瑞是电动的，车很小，不太快，踩死了也就一百来迈。

我开着这台车，从湖滨路一直跟到了科技村附近的一个产业园。

多亏临安堵车，而且红绿灯多，我才没跟丢。

这个产业园里面都是独栋的三层小楼，那辆车在其中一栋停下。我在离他挺远的地方停下车，用手机放大画面，给他拍了几张照片，一直到他抽完烟进了屋。

我给张晓她爸打电话，让他加我微信，把照片发给他，问："叔叔，之前是不是我这个同事去您家拜访来着。"

她爸说："对，就是这小伙子。"

我得到肯定的答案后，往他进的那个独栋走，看见门牌号，用手机查了一下，有意外的收获。

网上有人说，这是某个明星工作室的地址——是个岁数不小的男明星，多年以来一直在演一些正人君子的角色。

这下就有意思了。我打电话给周庸，让他去我家取便携式的嗅探设备和信号屏蔽器过来——用屏蔽器干扰手机信号，可以把手机从4G网降成2G网，然后用嗅探设备，就可以拦截短信和电话之类的了。

我想拦截一些这个明星工作室里的信息，看能不能找到那个人跟踪我们的原因。

所以如果哪天，你的手机忽然变成了2G网，很可能是有人正在屏蔽你的信号，想盗刷你的银行卡什么的——这时候一定马上远离你待的地方，并把手机调成仅用4G模式。当然，也有可能只是信号不好。

周庸还回家换了台沃尔沃，等他把东西送过来时，已经快天黑了。我在他车里，把设备连上车载电源打开，开始屏蔽信号并拦截短信。

刚弄了五分钟，开帕萨特那个大哥从门里走出来，四处看了一下，朝周庸的沃尔沃走过来。

周庸问我："徐哥，咱跑么？"

我说："不跑，先把设备都扔后座。"

大哥走过来，敲了敲驾驶室的车玻璃。周庸把玻璃摇下来。大哥说："你们是不是有点太猖狂了，勒索都堵到人家门口了，生怕我们不报警还是咋的啊？"

周庸说:"啥勒索,勒索啥?"

大哥说:"你别扯没用的,是不是你们干扰信号了,你后座的嗅探设备我都看见了?"

我说:"你先说说勒索的事儿。"

大哥说:"有啥好说的?你们和张晓是一伙儿的吧,我告诉你们,但凡网上出现一张照片,你们就全都得进监狱。"

我问到底啥照片。

大哥说:"你装什么装,你们拍的你不知道啥照片?"

我说:"你可能真误会了,张晓失踪了,有人花钱请我们找她。你一下就能发现有人在屏蔽信号,还知道有人在用嗅探设备,咱应该算是同行吧?"

大哥还是心存怀疑,我给他看了些我和李强的微信聊天记录,他才终于相信。

他让我俩把手机留在车上,之后把我俩请进明星的工作室,用金属探测仪给我俩一顿检测,发现确实没带其他录音和偷拍设备,才让我俩进了屋。

我们聊了半小时,取得了彼此的信任,大哥拿出一个手机,打开相册,里面是26张照片——都是开这个工作室的男明星的裸照,有点模糊,他和一个裸女,一起站在窗户旁边,两人动作很亲密。

周庸仔细看了看那个裸女,说:"徐哥,这好像是张晓啊。"

我也仔细看了看,确实和李强给我们看的张晓照片很像。

大哥说:"对,这就是张晓,我通过各种关系找她好久了,但这人就像失踪了一样。"

夜行实录：床底的陌生人

这个男明星平时住在上海，那天来燕市是参加个品牌活动，晚上在酒店里，有了男人都会有的欲望，于是用手机打开了一个国外著名的黄色网站，P站。打算看点小片，自己解决自己的欲望。

没想到，他在P站上看见了一个广告——××大V推荐的高端约炮平台。

男明星没忍住，点击下载了这个App。

在这个App上，他联系上了张晓，俩人聊好了5000块一晚的价格后，过了半个多小时，张晓来了酒店。

男明星事后回忆起来，那天张晓有故意拉开酒店窗帘的行为——可能是为了让人偷拍。

虽然他很快就把窗帘拉上了，但没想到还是被拍到了。

我和大哥加了微信，说好互相交流信息后，回了家。

晚上我看了一夜的P站，不停地刷新，终于在凌晨四点，刷到了这个广告。

我下载这个App后，拒绝接受它自主访问我的相册和麦克风的权限，然后才打开了App。

打开后，先看了一段视频——一段××大V推荐的视频。

张晓的前男友——花钱雇我找张晓的李强，出现在视频里，说："昨天我约了个年轻漂亮的妹妹，太舒服了，保证真实。"

我把视频录屏，微信上发给周庸，周庸早上八点多回我说：这货对咱有所隐瞒啊。

上午十一点多，我们去了李强在成田门的住处，给他看了这段视频。

李强当时就崩溃了，说："都是他们逼我拍的。"

当时李强在网上瞎约，花钱找了一个姑娘，完事儿后他跟失足姑娘吹牛逼，说自己很出名，有多少多少粉丝。

这姑娘表现得特崇拜，后来又约了他两次，还没要钱。结果第四次约他去酒店时，李强高高兴兴地进了房间，发现里面坐着仨大老爷们。

他们拿出姑娘前两次偷拍的录像和李强吹牛逼的录音，逼迫李强给他们拍了这段广告。

后来他和这些人的聊天记录，被他女朋友张晓发现了，大吵一架后，两人就分手了。

我问他是否知道张晓和那帮人混在一起时，他表现得特别愤怒，怀疑是两伙人合起来给他设圈套。他还承诺给我再加十万块钱，让我查明白。

从他家出来后，周庸说："这哥们是不是智力有问题啊，我那帮朋友，从高中开始，就知道出去玩要用假名。"

我说是够呛了。

和周庸商量了一下，我把App作为主要线索。这个App上查看姑娘的详细资料得充VIP，我让周庸充了300块的VIP后，查看了一下上面的姑娘，发现一件奇怪的事——很多姑娘在资料里的职业，写的都是空姐。

而且App还配有说明：由于疫情原因，很多国内国际航班停飞，本App上新到大量空姐，欲约从速。

前一段时间网上有传闻，说因为很多空姐都只能赚基础工资，为了花销或者还房贷什么的，选择了下海。

当时周庸还问我是真的么，我说不可能，不说积蓄的事儿，大部分人都有家人和朋友，不可能出现某个群体大量去从事失足妇女工作的情况。即使有，也是极其个别现象。

周庸看着App的介绍，又问了我一遍，我还是告诉他不可能。

我和周庸去宾西园附近的希尔顿开了间房，挑了一个"空姐"，选择约她，交了200块订金，并把房间号发给了她。

然后我让周庸去楼下大堂等着。

过了四十多分钟，门铃响了，我打开门，一个穿着某航空公司空姐制服的姑娘钻进来。

我带她到沙发坐下，假装好奇，问她是否真的是空姐，平时上班怎么样啥的。

很浅的问题她都能答上，但稍微复杂一点的问题，比如飞多久国内航班可以调飞国际航班之类的，她就支支吾吾，有点答不上来了。

我假装很愤怒，说她不是真正的空姐，把她撵走了。

她在楼下叫了个车，周庸开车跟上了她。

这一跟就跟到了机场新区。

在机场新区附近的一个小区里，周庸发现这姑娘上楼按了二十二层的电梯，然后打电话告诉了我具体地址。

我和他会合后，两人一起上了二十二楼。

我俩拿着猫眼反窥镜挨个看，发现2202的客厅里，坐着很多穿空姐制服的姑娘，她们拿着笔记本，认真听讲，偶尔还提问。

张晓正站在中间,给她们讲课。

过了一会儿,屋里发出齐声朗读的声音:

女士们先生们:受到航路不稳定气流影响,我们的飞机正在颠簸。请大家在座位上坐好,系好安全带。在此期间,洗手间将暂时关闭,客舱服务也会暂停。谢谢您的合作。

Ladies and gentlemen, as we are experiencing some air turbulence, for your safety, please remain seated and fasten your seatbelt. During the turbulence, lavatory will be closed and we will stop cabin service.Thank you!

张晓在帮这个卖淫组织培训假空姐。

我打电话给明星雇佣的大哥,他让我在这儿看住,他去叫人。

半个多小时后,他带着十几个拿甩棍的人上了楼,我和周庸退后,看他们假装嫌吵的邻居,敲开了门,把所有的人都堵到屋里。

有两个姑娘吓坏了,哭哭啼啼的,大哥怕被邻居听见,上去薅她们的头发,周庸赶紧过去制止,并劝俩姑娘小点声。

屋里有三个男的,大哥重点审问了他们仨,发现卖淫团伙就是这三个人组织起来的。

他们发现很多中国人都有看P站的习惯,就花钱做了App,在P站上买了广告位,并逼迫李强拍了宣传视频。

张晓发现这事儿后,打算从对方手里拿到胁迫李强的证据,以此逼迫李强改正,从此只对自己一个人好。没想到对方开出的条件是让她把团伙里的失足妇女培训成"空姐"。

因为最近空姐没钱下海的传闻很多,他们想到了一个营销策略——让手下的姑娘都装成空姐,好开出高价。

为了防止张晓报警,这群人只允许她每隔几天在监管下给家里打个电话。

男明星那晚下了App,并授权他们读取相册后,这仨哥们看完相册,发现对方是个明星,想抓住机会勒索他,从他身上多赚点钱,用假空姐怕露馅儿,于是逼迫真正的空姐张晓,去服务了一次。

因为他们不是专业的狗仔,还没整明白两人在哪个房间开房,张晓刚拉开的窗帘,就被男明星给拉上了,所以他们啥也没拍到,照片都是合成的,于是逼迫张晓对手底下的姑娘进行培训,了解空姐知识,连飞机上气流颠簸的英文也需要背诵,还必须是中式英语。

开帕萨特的大哥有点不信,过来问我能不能判断照片是否为PS的。我说能,让周庸下楼取了笔记本,把图片传到电脑里,用记事本打开,查看代码,果然发现有PS的痕迹。

大哥知道没有艳照之后,把这帮人送去了警局,我和周庸找到李强,拿回了十万块的尾款。

那天晚上,我和周庸去马忠路新开的酒吧喝酒,周庸问我:"徐哥,为啥总有这些破事儿?"

我说:"挺正常,总有人通过喂别人吃屎,来赚自己吃饭的钱。"

WARNING
如何戒烟

把自己关起来一周，准备轻音乐，番茄汤十罐，蘑菇汤八罐，香草雪糕一大桶，镁奶一瓶，扑热息痛，漱口水，维生素，矿泉水，葡萄糖，书，一个床垫，尿桶、屎桶、痰盂各一，一台电视，一部手机。

反正我是这样。

不要乱换手机号，
你可能登上男厕所小便池上方的广告

事件：生活照泄露事件
时间：2020年9月20日
信息来源：无
支出：398元
收入：待售中
执行情况：完结

夜行实录：床底的陌生人

2020年9月20日下午，我想要买些用来监听和防身的特种器材，就叫上我的助手周庸，一起去一个电子城，找一个卖这些东西的大哥。

和大哥对完货之后，我俩开着周庸的沃尔沃去喜乐汇一家火锅店吃了顿火锅，不咋好吃。

吃完饭我俩在附近散步闲聊，周庸忽然想上厕所，我俩钻进了北坪广场的一个写字楼，出示健康宝之后，发现一楼没厕所，按电梯上了三层，找到一个男厕所。

在小便池并排尿尿的时候，周庸说："我去。"

我说："咱俩也不是第一次一起上厕所，你至于这么震惊么？"

他说不是，冲我抬下巴往上示意，说："徐哥，你看这个。"

我抬头看，周庸的小便池上方是一个广告，上面印着一个穿旗袍的美女，边上写着：

×××男士养生。

带您远离都市的喧嚣，回归自然，呵护您的健康。

想您所想，懂您所需，为您解意。

下面是电话和一个二维码。

我说："这种男士养生会所一般都是骗人的，整个贼暧昧的广告，让人以为有特殊服务，去了之后暗示你想要不一样的服务就得办卡充钱，充完钱还啥服务都没有，就是正常按摩。

上当的人本来心怀不轨，也不好意思吵吵报警啥的——你最好别上这当，太傻了。"

周庸说："不是，不是会所不会所的事儿，这穿旗袍的姑娘我认识，是我的大学同学，我俩处过一段，你说她是不是最近有什么困难啊？"

我说："你别急，很多会所都是随便在网上搜个美女图片，就拿来做广告了。咱把照片拍下来，拿图片搜索看一下，是不是在网上找的。"

周庸把照片拍下来，用谷歌、百度、搜狗的图片搜索分别搜了一遍，发现网上并没有这张图片。

他有点着急，说："徐哥，要不然我给她打个电话吧。"

我说："你赶紧打吧，这破事儿还用问我么，自己没长手咋的啊。"

周庸给他前女友打过去，发现是个空号。

我问他为啥不发微信，他说当年分手时候，被对方拉黑了，然后就删了。

接下来的半个小时，周庸特别着急，不停地联系大学同学、共同朋友什么的，试图找到他的前女友闫冰。

期间进来了五个上厕所的大哥，都好奇地看着我俩，以为咋的了。有一个好心的大哥，还拉开了男厕所的隔间，跟周庸说："哥们儿，这里面没人，你要着急你先来！"

我向大哥道谢说不用，拽着周庸往外走，说："咱俩能不能去外边再联系人，你是爱闻这味儿咋的啊。"

我俩刚到楼下，周庸的一个大学女同学就发微信，说人找着了，并把闫冰现在用的电话发给了周庸。

周庸打过去，两人聊了几句，约了在喜乐汇的茶书房见面。

我和周庸离那儿不远，很快就走到了，为了聊天方便，周庸开了个单间，还告诉我说："徐哥，一会儿等她来了你去外边吧台坐一会儿，我先和她单聊一下。"

我说："没问题，你买单就行。"

过了快一个小时，我手机都要玩没电了，一个短发、挺漂亮的姑娘敲门进来，周庸相互介绍了一下，说："这是我同学，闫冰，这是我好朋友，徐浪。"

我说了句"你俩先聊"，就去吧台自己要了壶大红袍。

过了二十多分钟，周庸又把我叫进屋，说："徐哥，闫冰最近遇着点怪事儿，你看看咱能不能帮帮忙。"

我说先讲讲什么事儿吧。

15 _ 不要乱换手机号，你可能登上男厕所小便池上方的广告

闫冰告诉我，她最近总收到一些奇怪的短信，来自不同的号码，一会儿说想她了，想抱着她；一会儿又骂她是狗，让她乖乖趴在地上，等着主人往她身上吐痰什么的。

感觉非常变态。

她回了两次短信，骂对方有病，并警告不要再给自己发短信，对方消停了半个月。

结果四天之前，她穿着一套白色的连衣裙去上班时，有个人加她微信的验证消息写着：你今天穿的那条白裙子很漂亮，非常想把它撕开，看看你穿的是什么款式的内裤。

闫冰吓坏了，这几天一直不敢接电话不敢开微信，所以周庸通过同学找她时才花了那么多时间。直到闫冰她妈看见闺女手机关机，以为是忘开机给打开了，才找到了她。

我管闫冰要来她的手机，打开看了一下短信和微信——确实有点变态。

我想起男厕所小广告的事儿，问闫冰是不是在男士养生会所上班或者兼职。闫冰说没有，她刚才已经和周庸解释一遍了。

那个旗袍照片是她在未来艺术广场附近找的一个写真工作室拍的，一套贼贵。

拍完以后既没发朋友圈啥的，也没给外人看过，就她爸妈看过一次。

周庸问我："徐哥，你看给她发微信的变态，和这个男士会所，有没有啥关系？"

我说："不知道，但咱可以先从照片查起——她不是说照片没

给人看过么，那最可能泄露出照片的，应该是拍照片的人。"

等周庸买完单，我俩拉着闫冰一起去了她拍旗袍写真的工作室，她假装啥事儿没有，和女摄影师说，想再拍套别的风格的写真，对方说没问题。

闫冰和摄影师聊的时候，我借口说有紧急工作，问能不能借电脑用一下，摄影师说没问题，打开了她的MacBook递给我。

我让周庸在旁边挡着，检查了所有文件夹和邮箱什么的，没发现有啥问题。

但在电脑里，我找到了一个客户的登记名单，上面有联系方式和照片交付日期啥的。

我偷偷拍了几张照，把电脑还给了摄影师。

拿着这份客户名单，我装作工作室的员工，挨个打电话询问是否有照片被盗用的情况，说最近网上有伙人专盗一些美女的照片，去做些诈骗之类的违法事情，所以打电话提醒。

除了没接电话的，都说没发现照片被盗用之类的情况。

打完电话，我和周庸又在网上一顿搜索这个摄影师以及工作室的黑料，发现什么都没搜到，于是买了几个小号，在微博、豆瓣、知乎、贴吧上发帖，说这家摄影工作室有客户照片泄露的情况，问有没有人拍的写真照啥的被泄露过。

这么做是希望能钓出受害者，让他们说出自己的故事。

结果受害者没引出来，把摄影工作室引来了。两天后，我和周庸的几个小号都被举报了，还收到了摄影工作室发来的私信，说要起诉。

我俩有点心虚，就把发的所有钓鱼贴全删了。

删完后，周庸说："徐哥，一个受害者都没有，这事儿不太像他们干的啊，现在咋整？"

我说："没啥办法了，去那个男士会所看看吧，钱你掏。"

周庸说："成。"

我掏出手机，打开那天在男厕所拍的男士养生广告，扫了上面的二维码——我本来以为会弹出个私人的微信号，结果弹出来一个叫××休闲阁Spa的公众号。

里面有一些姑娘的照片，还有服务项目、价格和联系方式。

周庸翻了一会儿，说："我去，这里面怎么这么多闫冰的照片？"

我加了公众号里的微信，不到一分钟就通过了，对方发过来一张价目表，从398元一直到2698元，总共有十几种不同的服务。

没等我回复，他又扔过来一个地址，说："哥你什么时候过来，到楼下联系我，我去接你。"

我问他有没有公众号上照片里的姑娘，有我就过去。

他说："肯定的，你赶紧来吧。"

我一看定位，在北坪广场边上的一个小区，就和周庸一起开车过去，把车停在马路对面大厦的停车场，过道进了小区。

他发给我的定位是3号楼，我和周庸走到3号楼和4号楼之间，给他发微信说到了。

一个女孩发语音过来，问我在哪儿，我说3号楼楼下，她说："哥你直接上来吧，十七楼，我给你开门。"

我和周庸上楼后,又给她发了个微信,电梯右侧的一个房门打开,一个穿短裙的姑娘站在门口,招呼我和周庸过去。

我俩进屋后,是个挺大的客厅——这应该是个大户型多房间的民宅,被改造成了不挂牌的男士会所。

燕市现在有很多"男士SPA",都和这家一样,隐藏在居民楼里。

短裙姑娘招呼我俩坐下,给我拿了两瓶怡宝矿泉水,问:"哥,你俩喜欢什么样的?"

周庸说:"你们家公众号里那个。"

姑娘说:"哎呀,哥,那个今天被人带走了,咱家女孩都挺年轻漂亮的,要不我叫过来给你们看看,你俩是一个房间还是俩房间?"

我说:"俩房间吧。"

姑娘把我和周庸带到两个相邻的卧室,让我俩进去,我抬了下手机,示意周庸随时看着点微信准备撤,他点点头。

进了房间,窗帘拉得很紧,里面有一个红色的超大圆床,床边的墙上挂了一件浴袍,靠着窗户的下面,摆了一张双人沙发。

沙发旁边的小茶几上,有矿泉水和可乐,还有个天猫精灵,正在播放一首萨克斯曲《回家》——就是商场每次快关门时会放的那首。

本来就有点不自在的我,听得当时就想破门而出。

房间里还带了一个独立的卫生间,里面有浴缸,还挂着几条浴巾。

在屋里转了两圈，一个穿着高跟鞋、黑色短款睡裙的姑娘，拎着一个小包，敲门走进来，说："贵宾您好，您看我还成么？"

由于屋里的灯光很昏暗，我根本没看清她长啥样，但我也不是来干那个的，所以就说："行，您进来吧。"

她说好，转身锁了门，说脱衣服吧。

我说："啊？"

她说："脱衣服吧，我帮你洗澡。"

我说："别的，我自己洗吧。"

姑娘笑了，说："你还挺害羞，我帮你把衣服脱了吧。"

我严词拒绝，自己脱了鞋，进卫生间锁了门，冲了一下。

穿好衣服出来，姑娘在圆床上铺了一张一次性的床单，让我趴下。我俩讨价还价后，我只脱了T恤，光着上半身趴下，她在手上抹了点精油，开始给我按摩。

这姑娘看着挺柔弱，但手贼有劲儿，按得我特别疼，但由于爱面子，没敢喊出来，紧咬着牙。

她说："哥，咱做个多少钱的项目啊？"

我问："都有多少钱的啊？"

她说最便宜的是398元，就是纯按摩，不过一般没人选这个；698元的带释放；998元就是她脱了给我按；1298元的就可以那什么了；但建议我选2698元的，可以两次。

我说："我今天有点累，就要398的吧。"然后这姑娘就开始不停地撺掇我做贵的项目，我中间还给周庸发了个微信——严守底线。

周庸很快回复：明白，你放心吧，徐哥。

姑娘看我迟迟不上钩，说："哎呀，咱就做个项目吧，您要觉得累就我来，您这么憋着对身体不好。"

然后她又根据黄帝内经啥的给我一顿讲养生之道——我之前采访过很多失足女孩、老鸨、人妖什么的，发现她们中的大多数，都特别信养生那一套。

可能是怕身体出毛病，和贪官信佛是一个逻辑。

我说我怕不安全，就这么按吧。姑娘说："那不能，这家特别安全，都开七年了，我也是兼职，平时在医院当护士，这儿不安全我不可能来。"

我问她在哪家医院当护士。姑娘笑了，说："哎呀讨厌，这个可不能告诉你。"

看我意志力贼坚定，姑娘糊弄着按了一会儿，就说时间到了，问我怎么付钱，我说微信或者支付宝都行。

她说："哥，你看你什么项目都没做，能不能帮妹妹一个忙？我把一笔钱打到你的支付宝上，你再帮我转到别的银行卡里，行么？"

我问她是打给谁的，她说打给她父母的。

我答应下来，她出去拿进来个手机，先收了我398，又转了一笔钱到我的支付宝，让我转账到一个银行卡上。

总共七万三千块钱。

我帮她转完，赶紧出了门，发现周庸已经出来了。

下了楼，周庸问我："徐哥，刚才在屋里，那姑娘让我帮她转了一笔钱，让你帮转了么？"

我说转了。

周庸问我这是啥意思。

我说应该是洗钱。

最常规的洗钱手段，就是把钱通过多个账号层层转移，这些账号多为个人微信、支付宝账户或者对公账户。

这种操作会有很强的迷惑性，让公安机关不好侦查。

这个男士会所不仅涉及卖淫，还可能帮人洗钱——这帮人很聪明。

一般男的做完那事儿，面对姑娘的这种要求，即使不愿意，也不好意思拒绝。

我和周庸开车守在小区大门口，等着门口接待的姑娘下班。

等了一宿人也没出来。9月24日上午，那姑娘才出了小区。我和周庸过去问她："你是不是在3号楼十七楼上班，跟我俩走一趟。"

姑娘吓坏了，以为我俩可能是公安机关的人，乖乖地跟我俩上了车。

她先交待了一下提供色情服务的事儿，我拿出闫冰的照片，问她们那到底有没有这个人。

她说没有，公众号和照片什么的，都是老板在弄，她们只负责接待客人。

我又问她转账的事儿。她说那是老板和人合作的，她们那的女孩每完成一笔转账，两万块以下的可以抽成3%，两万块以上的可以抽成5%。

问她老板的联系方式,她说只有一个微信号,我让她推给我,记录了她的身份信息后,让她走了。走之前还警告她,我们已经监视这个地方很久了,别把这事儿告诉别人,错失将功赎罪的机会。如果被人发现了我们在调查,我们就会把这事儿告知她的父母。

姑娘特别害怕地走了。

周庸把这个老板的微信,和发微信给闫冰的变态做了个对比,发现不是同一个人。

他问我现在怎么办,我让他把闫冰再叫出来聊聊。

目前看来,闫冰和那个按摩房并没有什么关系,那么对方到底是怎么拿到闫冰照片的呢?

而且他们为什么要用闫冰的照片,而不用别人的做宣传——是因为闫冰好看么,但好看的姑娘多了,为啥抓着她不放呢?

9月24日中午,我们约在了安古路的古点面包店,点了三个盐可颂,坐在室外聊天。

我反复跟闫冰确认她拍照后的每一个细节,确定看到那组旗袍照片的人总共有:闫冰、闫冰父母、摄影工作室的员工。

摄影工作室那边看起来没啥问题,她父母也是在她电脑上看的。

所以问题很有可能出现在闫冰自己身上。我忽然想起周庸最开始找闫冰时,给她打电话,发现是个空号,于是问闫冰什么时候换的手机号。

她说换两个月了,有个在通讯公司上班的朋友,说搞到一个好号段，给她弄的。

我说："你再打电话问问她，这是不是一个'二次号'。"

她打电话问了一下，她朋友说是，现在比较好的手机号基本都是"二次号"。

周庸问我什么是二次号，我给他解释了一下：

二次号就是老用户停用、弃用手机号后，号码被运营商收回，隔一段时间后，运营商会再次出售给新用户。

我打开她手机的云账户，发现闫冰选择了自动把照片上传到云空间——也就是说，之前的机主如果还有云账户的密码，可以随时查看闫冰上传的照片。

我翻了一下她云存储里的照片，发现在一个月之前，她上传了一张穿着白色连衣裙的自拍——那天正好就是那个变态发微信给她，说想看她内裤的日子。

闫冰都懵了，说："不可能啊，我绑定微信支付宝什么的时候，都没提示我手机号已用啊。"

我说那些可能都解绑了，但总有一些小众App，她想不起解绑。

周庸拿闫冰的手机，下了一堆App，每个都试着用手机号登录。

最后我们登录上了人人网的App，发现账号属于一个叫田萌的女孩，她已经好几年没登录过了。

她最后的状态，是发了一张面具的照片。

这是一种威尼斯的面具，叫Moretta Muta，没有绑带，面具内部

夜行实录：床底的陌生人

有个纽扣，能用牙咬住，所以戴着这个面具的时候没法说话——有些SM圈的人，喜欢戴这种面具。

我们通过人人网，找到了这姑娘的毕业学校、班级，又通过搜索，找到了别人发在微博上的她们班的毕业合影。

然后我联系到她的同学，要到了田萌的电话，问她是不是在给闫冰发骚扰信息。

田萌在电话里特别害怕，一直说对不起，说自己是个M，之前是混SM圈的，她的前男友是个S，但对方越来越变态，有几次"游戏"过程中，差点儿把她弄死，她有点害怕，就把手机号注销了，工作也辞了，和对方断了联系。

对方有她的云存储账号，应该是通过那个看到了闫冰的照片，然后发短信跟微信骚扰她。

我从田萌那问到了她前男友的姓名、住址和工作地点，和周庸去他家小区，蹲守在防火梯里，等他下班回家开门时，一把将他推进屋里。

周庸进屋后，上去就是一脚把他踹倒，我赶紧拦着，说别打坏了，先把事儿问清楚了。

这哥们怕挨揍，很快就交代了，他一直以来，性能力都特别弱，没法从性生活中获取快感。后来发现SM能带来性快感，就喜欢上了——很多男性SM爱好者都是这样，因为自身性能力有问题，所以另辟蹊径获取快感。

田萌从他身边逃走后，他一直试图找到对方，但怎么也联系不上，后来有一天登录田萌的云账户，发现里面多了另一个女孩的自拍照。

他猜到是手机号换人了,但看闫冰长得好看,情不自禁地就想要骚扰她。

于是发了很多骚扰信息,我问他是否存储了闫冰的照片,他说存了,但只存在了手机里,也没发给过别人。

问他"男士SPA"的事儿,他也什么都不知道。

我和周庸检查了他的手机、电脑、邮件,所有的通讯记录。

发现这个人确实没和别人分享过闫冰的照片。

我们让闫冰过来,一起把这哥们扭送到公安机关。

做完笔录出来,闫冰问我俩,是他把照片传到网上什么的了么?

我说不是,还得再琢磨琢磨。

晚上吃完饭,我俩送闫冰回家,找出男士会所发在公众号上的照片,一张一张地给她看。

闫冰发现了一个问题——公众号上的有些照片,她根本没存储在手机里,只在她的电脑里有。

我和周庸的第一反应,是她的电脑被植入木马了,检查了一圈,发现没有。

然后我俩又取来嗅探设备,检查了她家的Wi-Fi,电视盒子什么的,也发现没有被入侵的痕迹。

而且闫冰这台电脑只在家用,上班时用公司提供的台式机。

那就只剩一种可能——有人趁闫冰不在家时,从她的电脑里,直接拷走了这些照片。

她家有人进来过。

我让周庸送她去住酒店，然后连夜在衣柜顶部、插座内等隐蔽的地方，安装了几个针孔摄像，并连上闫冰家的Wi-Fi，随时监控着屋里的情况。

9月27日下午，我的手机收到了监控发来的物体移动提示，我打开手机，看见一个中年女性打开了闫冰的电脑，插上U盘正在翻看闫冰的照片。

她翻了一会儿，可能发现没什么新图，就把插在电脑上的U盘拔了下来。

我截了几张图，让周庸发给闫冰。

闫冰很快就打电话过来，说："你截错人了，那是我妈。"

周庸说："徐哥，咱找错人了。"

我说："从行为上看，应该没找错，但正常情况下，怎么会有一个母亲打开自己女儿的电脑插上U盘，就为了弄点亲闺女的照片？"

周庸问我咋办。

我说："你先报警，查那个男士SPA，然后举报说，幕后老板是闫冰她妈。"

周庸说："这不是造谣么？"

我说："你用网络电话报警，别让人知道你是谁。"

那个隐秘的男士会所被查后，闫冰她妈很快也进去了——因为电信诈骗。

她有一个团队，在很多相亲网站和App上，利用闫冰的各种生活照、小视频和人相亲，网恋，并劝人在线赌博什么的，骗人打钱。

然后她再通过和按摩房合作，给对方10%的提成，帮助自己洗钱。

警方问她为什么要用女儿的照片诈骗和吸引人去按摩房。

她说因为闫冰什么都不知道，所以不会有法律问题。

而且万一发现照片被用了，她还可以劝女儿大事化小，小事化了，不出事儿。

如果用别的女孩的照片，更容易被举报什么的，容易出问题。

我忽然想起，那天周庸试图通过同学联系闫冰时，她一直关机，直到她妈把她手机打开，才联系上她。

现在想起来，她妈打开手机，应该是为了找点自己女儿的照片什么的。

这件事过去，很快就十一了，我陪我爸出去玩，离开了燕市。等到回燕市后，我找周庸去中山路的酒吧喝酒，问他最近和闫冰还有联系么？

周庸说没有了，自从他实话告诉对方，她母亲是被自己举报之后，闫冰就又把他拉黑了。

夜行实录：床底的陌生人

WARNING
如何降低家里路由器被入侵的风险

1. 无线路由器的登录密码不要使用初始密码。
2. Wi-Fi密码设置采用WPA2加密。
3. Wi-Fi密码尽量包含大小写字母+数字组合。
4. 避免WPS[①]功能。
5. 将无线路由器固件升级到最新版本，并保持更新。
6. 定期更改Wi-Fi密码。
7. 隐藏你的网络名称。

---

① WPS，即Wi-Fi Protected Setup，是用来简化无线局域网安装及安全性能的配置工作。

16

我登录了三年前失踪女孩的QQ，弹出一条死亡信息

事件：性少数女生被父母配冥婚事件
时间：2017年4月6日
信息来源：张妍
支出：746元
收入：待售中
执行情况：完结

夜行实录：床底的陌生人

2017年3月份，我在一家纸媒接了点活儿，去帮忙采访一些小众群体在燕市的生活现状，比如女同性恋、退役的运动员之类的。

这家纸媒，在新冠疫情暴发之前已经倒闭了，不过这就是顺嘴一提，我要讲的事儿，和它没啥关系。

同年的4月6日，当时采访过的一个女同性恋——张妍，给我打电话，找我帮忙，说和她一对儿的那姑娘，李苗，失踪了。

我俩约了见面，在一家书店二楼的美好时光咖啡——这家咖啡厅和那家纸媒一样，也已经黄了，要不是写这个故事，我都忘了有很多以前经常接触的东西，都已经消失了。

要是我没记岔的话，那天我要了杯猕猴桃汁，张妍要了瓶巴黎水，我俩在靠墙的位置坐下，张妍给我讲了李苗失踪之前的事儿。

她告诉我，3月28日，李苗失踪的前一天晚上，俩人在床上睡觉时，张妍迷迷糊糊听见有手机铃声，像是床底下传来的。

张妍一下就精神了——因为她和李苗的手机铃声，都是碧梨的

《Bellyache》。

按她的说法，俩人平时都挺有品位的，活得也很精致，闹钟、手机来电铃声等音乐都精心选过。

那个手机铃声，绝对不是她俩的手机在响。

手机铃声很快就断了，张妍觉得床底下有人，想下地看看，但被李苗拽住了，说是自己新买了个手机，忘和张妍说了，让她先睡觉，明天再看。

张妍还是有点困，就没多想。第二天早上起来的时候，说要看眼手机，结果李苗说要上班，着急走了。

晚上她下班回家，发现李苗已经收拾东西走了，衣服、电脑都带走了。

她咋联系也联系不上李苗，俩人共享的手机定位关了，去李苗单位也没有找到人，给她老家打电话也说没回去过。

现在一周过去了，人死活找不着，张妍怀疑李苗出事儿了。

我说："老妹儿，咱先等会儿，我捋捋啊，你看对不对。你说床底下手机响，你对象不让你看，第二天她就失踪了，还带着东西走的——你就没怀疑过，是你对象出轨，然后把你甩了么？"

张妍说："那不能，我又不是那死缠烂打的人，她有事儿说事儿呗？再说我俩都处了三年半了，不至于整这么绝情。"

我劝她别这么自信，这玩意儿和时间长短没啥关系。结婚十多年的夫妻，说攮死就攮死的例子还挺多。

"你仔细想想你俩之间的事儿，是否怀疑过她出轨吧？"

张妍让我问得有点沉默，过了一会儿说有。上个月，她和李苗出去旅行，回来之后没几天，发现两人都感染上了阴虱——这是种寄生虫类的性病，会有肉眼难见的螃蟹一样的小虫子寄生在隐秘部位。

她俩都以为是酒店不干净，才染上了这种病，还在网上投诉了酒店，酒店联系两人给退了钱，并承诺补偿看病的钱。

现在想起来，她也不确定，这是不是李苗和其他人发生关系感染上的。

我说那就对了，有的事儿最好不要深究，不然到最后还是自己心里闹挺。

张妍咋劝都不听，还拿出自己所有的积蓄——六万块钱，说："求你了浪哥，你查到了告诉我她有事儿没事儿就行，不用告诉我她在哪儿，我不是那种死缠烂打的类型。"

我说："行吧，你都掏钱了，我就办事儿呗。"

当天下午，我叫上我的助手周庸，一起去了她俩在成田门的家，是个一室一厅，收拾得挺干净。

李苗只留下了一些衣物，我让张妍把属于李苗的衣服、裤子和包都堆在床上，让周庸挨个掏兜，看能不能找出点啥。

周庸掏了十多分钟，就掏出来俩硬币，一个五毛的，一个一毛的，都是从一条一看就很长时间没穿过的牛仔裤里掏的。

他拿给张妍。张妍说："你揣着吧。"周庸扔给她，说："我要这玩意干嘛？"

在家仔细搜了一圈，因为李苗的手机和电脑都被带走了，也没找到啥有价值的线索。

张妍最近发动了所有朋友给李苗发微信啥的，李苗都没回。

我和周庸商量了一下，说那就只有一个地方，可能留下李苗的电子记录，就是她的公司。于是问张妍能不能和李苗的公司协商一下，让我们用一下李苗在公司的电脑。

张妍磨了李苗的公司两天，又作又找人的，死缠烂打后，对方同意让我们用一下。

4月9日，我来到李苗公司所在的写字楼，她同事带着我们去了她的工位。

我打开李苗的台式机，先检查了她所有的硬盘存储，以及网页浏览记录，发现很干净——硬盘里只有些和工作相关的文档，网页浏览记录明显被清理过。

最后我打开了她的QQ，幸亏设置的是自动登录，否则破解还得花点时间。

李苗QQ上所有最近的聊天，都是在和同事或者在工作群里处理工作的事儿。除了工作，她应该和大多数人一样，只使用微信。

但抱着谨慎的态度，我让周庸把她QQ上所有的好友都检查了一遍，看他们和李苗平时的聊天内容，以及加好友的时间。

周庸说："徐哥，为啥每次麻烦活都是我干？"

我说："你别废话，快点的。"

周庸没招，只能一个个地选择李苗的好友，打开空间，再选择亲密度，查看他们加了好友多久。

136个好友都查完一遍后，周庸发现了一个叫"GO AWAY"的好友，稍微有点不对劲——他是半个多月前加的李苗，但两人之间没

夜行实录：床底的陌生人

有任何的聊天记录。

而且周庸在李苗的同事间问了一圈，他们都说这人不是他们公司的——除了工作不用QQ的李苗，为什么会在半个月前，忽然加了一个陌生人呢？

我给"GO AWAY"发了条信息，说：在么？

他很快回了消息，说：在啊，你还没死呢？

我说：没有呢，我想和你聊聊。

他说：那不成了，我被关起来了，还是之前和你说过的那个，北郊外，一时半会儿是进不了城了，你的事儿我建议你找别人，一会儿我发你个群号，我和群主说一声，把你拽进去。

过了两分钟，"GO AWAY"发过来一个群号，说和群主说过了。

我申请加入，很快就通过了——是一个叫"must kill"的群，里面有十几个人。

"GO AWAY"在里面发了条消息，给大家介绍我，说：朋友想找个杀手，快活儿，八万块钱，钱少点儿，目标配合不反抗，谁有兴趣？

很快有四个人发私信给我，问我具体什么活，价格是否能提高到十万块。

我和他们聊了一会儿，搞明白了——这是个"杀手群"。

网上有很多杀手群，百分之九十都是骗人的，一般是一个人建群，自己注册一堆QQ号，假装杀手组织，骗骗想找杀手的傻子，一般骗到一笔订金就会失联。

但这个群有可能是真的，因为按照我之前的了解，十万块找杀手杀人，差不多是地下市场的正常价格。

但这杀手对李苗的情况都一无所知，我又找到"GO AWAY"，问他具体被关在哪儿，说我想去看看他，看能不能把他弄出来，和他聊聊。

"GO AWAY"说：行吧，你可以装我姐来接我，记着我叫陆泽令，我妈叫×××，我爸叫陆×，到时候别说错了。

我和周庸开着周庸的M3，按照他说的地址，去了北郊的一个村子。

一进村子，周庸说："我去，徐哥，这是啥地方啊？"

这里到处都是垃圾堆，但不是生活垃圾——是堆成小山的电视、电脑以及其他废弃电子垃圾。

我说这应该是个倒卖电子垃圾的集中地，因为离这儿6公里，就是燕市最大的废旧电器集散地——歇甲村。那儿有挺多收购站点，收购完把电子垃圾卖到别的地方。

含电路板的一般卖到泊州市安通县城感怀镇，塑料、铝铜那些则卖到燕市邻省的农村里。

这个行业半黑不白，这两年政府查得严，所以他们都从科技中心转移到郊区的村里了。

周庸说："那杀手咋还能被关在这儿呢？"

我说："不知道，得见面问问。"

毕竟是要见个杀手，我和周庸准备得挺全，一人两根便携的甩棍，还穿了防刺背心，就怕到时候有啥意外情况。

夜行实录：床底的陌生人

按照"GO AWAY"给的地址，我们找到一个三层小楼，小楼大门从里面被反锁，我们敲了一会儿门，出来个老头，把门打开，问我俩是谁。

我说我是陆泽令的表哥，找陆泽令，他妈让我来给他送点东西。

老头让我俩等一会儿，又锁上门进屋了，过来一会儿，出来一个戴眼镜的年轻男人，让我俩进去，说原则上只有父母可以接走，我们俩只能在学校里见陆泽令。

然后他把我俩领到一楼门口一个像收发室一样的房间里，让我俩坐会儿，刚才开门的老头坐在屋里的床上，正在听收音机。

周庸小声问我，说："徐哥，杀手还有学校，啥学校啊这是，杀人学校啊？"

我说不知道。

过一会儿，眼镜男带着一个挺年轻的男孩进屋，指着我俩，问是他表哥么？

他说对。

那男的和老头一起出去了，我问这男孩："你是陆泽令么？"

他说是，问我俩是李苗找来的么？

我说对，然后假装闲聊，问他和李苗啥关系。

他说李苗肯定不让他说，让我自己去问。

我问是因为杀手群的事儿么？

陆泽令摇摇头，啥也不说，就说让我们自己问李苗，然后让我们把他弄出去。

我让周庸把门反锁上，上去一把捂住陆泽令的嘴，掏出甩棍，怼在他眼前，告诉他别喊。

"小兔崽子，再喊就怼死你。"我逼问他，李苗到底是怎么回事儿。

陆泽令吓懵了，很快就把李苗的事儿交代了。

他所在的这个地方，是个封闭式的黑补习班。

因为学校规定禁止老师在校外补课，所以有几个老师，在村里整了个班，并撺掇一些不爱上学、总逃课的学生的家长，把孩子送到这儿封闭补课。

陆泽令就是其中一个，他因为这事儿特别恨自己的父母，想整笔钱逃走——他在贴吧里看见有杀手群招杀手，就报了名加群，并在网上各处留自己的QQ，说自己是杀手。

结果李苗就顺着他留的信息找上来，加了他的QQ，说给他八万块钱，让他杀死自己。

因为李苗想自杀，但又一直不敢自己动手。

3月28日晚上，他从黑补习班逃跑，准备了水果刀什么的，到了李苗家。但没想到那天张妍提前回来了，他就躲到了床底下，他平时QQ啥的都是消音状态，也没人打电话找他，就忘了把手机也消音。

结果晚上忽然来了个不知道是啥的传销电话，害他差点儿被发现。

他等张妍睡着后，在李苗的掩护下跑了，打算第二天再去找李苗。

结果第二天李苗说算了，觉得他太小，怕他犯罪影响前途。他问李苗打算咋整，自杀么？李苗说再说吧，家里人生病了，她要回家一趟。

然后两人就没再联系过，直到我用李苗的QQ号找他。

我问他："李苗说过为啥要自杀么？"

他说："提了两嘴，好像是父母总逼她回去相亲什么的，她说了自己喜欢女孩的事儿，和家里闹掰了。"

从黑补习班出来，我让周庸给教育局打电话举报了一下。周庸打完电话，有点担心，问我说："徐哥，咱不能把孩子吓着吧？再留点心理阴影，就不好了。"

我说："吓着点儿就吓着点儿吧，他都打算杀人了。"

我联系张妍，说查到了，李苗回老家了。

她说不可能，她之前假装李苗的闺蜜，给对方父母打过电话，李苗根本就没回家。

这事儿就奇怪了，李苗都找陆泽令来杀自己了，没必要撒谎。

周庸问我说："徐哥，你说会不会是李苗不愿跟家里闹掰，最后服了，只能回老家，和张妍断了联系。"

我又打电话给张妍问，李苗家是哪儿的。

张妍说是新洲附近的一个村子。

虽然没有具体统计，但一个女孩儿在大城市生活久了，再让她回农村老家过日子，概率应该不大。

我把这个想法和周庸说了。周庸说："也是，那能不能是李苗她爸妈不让她回来，把她按家里了。"

我说:"不知道,可能得去看看。"

张妍的淘宝里,有李苗老家的地址,她截图发给我俩。

4月11日一早,我和周庸坐了燕西出发的G××高铁,上午九点半就到了新洲,又在新洲租了一台奔驰GLK×××,然后开了两个小时的车。下午一点二十分左右,我俩到了李苗的老家,村口有几个下象棋的大哥,我问他们李苗家咋走。

大哥很热情,给我们指了道,问我们是不是来参加葬礼的。

我问谁的葬礼,大哥说:"李苗的,你们不是她燕市来的朋友么?"

周庸说:"徐哥,咱俩是不是来晚了?"

我俩赶紧开车奔李苗家去,到了发现有点不对——李苗家的院子里,一点葬礼的气息都没有,贴的全是喜字,还有很多红气球。

咋看都是场婚礼。

周庸问我:"徐哥,这边是喜丧么?"

我说:"不知道啊,去问问吧。"门口一堆人,我和周庸找地方停了车,从大门进去,发现院里摆了口棺材,一个穿着红色中式婚服的姑娘躺在里面,脸上盖着白布。

在她的头后面,摆了一张照片,上面是两个人的合影,明显是P在一起的。

这不是葬礼,这是一场冥婚。

我和周庸四处找来参加冥婚的人打听,问李苗怎么死的。

最后我俩汇总了一下信息,故事大概是这样的:

李苗在燕市没干什么好工作,出卖身体,还乱搞女女关系,导致染上了性病,精神还出了问题。父母把她送到一个精神病院,想要把她的精神病和同性恋治好。

结果没几天,李苗就在里面自杀了。

她死之后,有邻村的一户人家找上来,说要为去世的儿子配冥婚,李苗的父母就同意了。

我和周庸都有点懵,在这场"婚礼"上待了一会儿,李苗的父母、哥哥在热情招待。

还有个大哥喝多了,骂骂咧咧的,被人劝住后,又从院里的流水席上拿了两瓶酒走了。

我俩回到车里抽了根烟,周庸问我,这事儿要怎么告诉张妍。

我说让我好好想想。

没等我想明白,张妍来了电话,我正想着先忽悠她一下,见面再告诉她真相。

结果张妍告诉我,李苗的手机开机了——她在iPhone的查找位置里,看见了李苗此刻的位置,就在她老家的村子,她把截图发我,让我马上过去看一眼。

我打开张妍发来的截图,位置竟然不在李苗的家,而是村子的另一头。

我和周庸开车过去,停在一间平房旁边,透过院墙和窗户,能看见一楼屋里有个人正在睡觉——那个在李苗家顺走两瓶酒的大哥。

周庸下车敲了敲门,没人开,家里除了喝多的大哥,应该没有别人。

我和周庸把车停远，翻墙进了大哥家里，别开一楼厨房的窗户进了屋，从厨房绕到卧室，发现大哥手里拿了个iPhone7，没开锁。

锁屏界面，是李苗和张妍的合影。

我试着用大哥的指纹解锁，发现都解不开，从厨房找到一瓶农夫山泉，用水浇脸，把大哥弄醒了。

结果大哥一睁眼就开始吐，都喷周庸身上了。

周庸要脱衣服，我说别脱，留下来再有指纹啥的，他只好忍着恶心继续穿着衣服。

大哥吐完一起儿，问我俩干嘛的，我直接给他肚子一拳，他又开始吐，打了两回之后，大哥服软了，主动说自己错了，求我放过他。

我问他手机怎么来的，他说是从李苗家抢来的。

这大哥是村里的村霸，他听说李苗在外边是做小姐的时候，李苗已经被关到离她们村不远的一个私人精神病院了。

他觉着小姐肯定都有存款，想打劫一把。

大哥想得还挺周全，他觉着李苗被关起来了，手机肯定在家里，没法转账啥的，就先去李苗家，从李苗他哥手里，抢了李苗的手机，方便转账。

大半夜的又去了私立精神病院，翻进去找到李苗。结果没想到，李苗是真没啥钱，给他看了所有支付宝绑定的银行账号，都没钱。

李苗说自己不是小姐，只有八万块钱，已经给父母了，说父母威胁她，把她抓回来，想逼她和人结婚，用彩礼钱给她哥娶老婆。

她让大哥把手机还给她，让她求救，还试图打110，但手机被大哥抢了回来，怕她报了警牵连自己。

村霸大哥寻思贼不走空，不能啥也没捞着，尽管李苗苦苦哀求，最后也没把手机还给她，还是拿走了。

结果没过两天，就听说李苗自杀了。

我问大哥，李苗真的是自杀么，大哥说他也不知道。

出门之后，周庸上车就把衣服扔后备箱里了，全程光膀子开车到的新洲城区，我下车去商场给他买了件帽衫。

我和周庸拿着李苗的手机回了燕市，张妍用自己的指纹解锁，打开了李苗的手机。在通话记录里，最靠前的是一通未接通的110报警电话。

张妍哭崩溃了，我让她好好想想她俩得性病的时候，到底还发生了啥事儿——我不信有任何人能把自己得性病的事儿告诉父母。

李苗的父母到底是怎么知道她得了阴虱，并以此推断出她在燕市卖身的？

张妍冷静下来后，说3月中她和李苗去燕市附近的海边玩，李苗打电话告诉了她妈，当时李苗她妈说要来燕市一趟看看病，问能不能住在她俩的房子里。

李苗问用不用她陪着，她妈说不用，让她好好玩。当时李苗特别高兴，觉得父母挺关心自己，就把钥匙留给了朋友，让朋友转交给父母。

之后的两天，我从物业和附近商店的监控里，找到了一些李苗父母来时的监控录像。

她父母在小区门口等朋友转交钥匙时，两人拿出一个黑色的塑料袋检查了一下。

我怀疑里面是阴虱,让张妍报了警,把这一切都告诉了警方。

一个多月后,警方给了张妍反馈:

阴虱是李苗父母从男科医院的熟人那弄来的,洒在了李苗和张妍的床上,以及马桶圈上。

之后又撒谎说,熟人发现李苗去医院看性病,让她赶紧回家解释,不然就把这事儿告诉她从小到大所有的同学、朋友什么的。

等她回去后,父母制造谣言,又托关系把她关进了私立精神病院,然后花两万块钱,雇了一个院里的精神分裂病患者弄死了她。

因为李苗是个同性恋,父母觉得她怎么也嫁不出去,不如死了配冥婚,而且冥婚女尸比活人更值钱。

所以为了拿三十万给李苗哥哥做彩礼的钱,就把她整死了——但他俩被捕后,因为父母都是杀人犯,再也没人愿意嫁给他们的儿子。

我和张妍最后一次见面,是在世纪百货的一家日料店,我和周庸约她吃饭。

周庸劝张妍,以后还是要好好过。

张妍说:"嗯,没事儿,不伤心,我甚至还有点羡慕李苗这么早就死了。死了好,死了好多事就再也不用多想了。"

那天分别之前,张妍说:"我想明白一事儿,李苗之所以在回老家的时候和我断了联系,不是因为被控制起来了。因为她东西都带走了,也没告诉我对吧。她当时可能就想死在家里,没想过回来,也不想给我添麻烦。"

夜行实录：床底的陌生人

WARNING
安全套无法完全预防哪些疾病

除了艾滋病这种依靠体液传播的性病，其他大部分病毒、细菌、寄生虫类的性病，安全套都不能百分百地防御。

17

男儿当自强：
和那姑娘相亲之后，吓得我赶紧报警

事件：老人性生活后死亡事件
时间：2017年7月13日
信息来源：某杂志
支出：1860元
收入：待售中
执行情况：完结

夜行实录：床底的陌生人

所有涉及到钱、性的行业和地方，犯罪者都是最多的——我说的不是色情场所，而是相亲网站和App。

你在上面会遇到各种心怀不轨的陌生人，其中骗财骗色是最平常不过的。还有可能遇到变态，甚至更危险的人。

我讲一个亲身经历，大家就明白了。

2017年7月，一家挺出名的南方系杂志找我，让我帮忙整一篇社会调查的文章——中国独居老人的性生活问题。

也不能算帮忙吧，因为我收了他们几万块钱。

但我觉着还是收少了，因为没想到，这采访这么难做。

独居的老人不难找，但他们都不愿意谈论自己的性生活。有的人本来很和善，在我拐弯抹角地提问之后，忽然翻脸，对我破口大骂，有的大爷还想要动手。

但毕竟他们腿脚都不如我，我即使一边跑一边回头挑衅，他们也追不上，所以没受到什么工伤。

屎难吃，钱难赚。我发现从老人这方面下手不太行后，没放弃，打算反向调查，去找在燕市务工的失足妇女，问问她们，老人在嫖客群体里的占比，是否有什么特殊喜好之类的。

7月13日，我在某款和附近人配对的App上，约到了一个失足行业的姑娘，她说了一个让我特感兴趣的事儿。

我俩约在她燕市怡然桥佳邻小区的出租屋里，这个小区的公寓，都是一条走廊上好多个门，密密麻麻的，进去以后，屋里都是那种举架不高的Loft风格，感觉有点压抑。

姑娘没告诉我具体的门牌号，我到了她所住的楼层后，给姑娘打电话，她出来接我，把我带进屋里后，让我在一楼的沙发坐下，给我拿了瓶怡宝。

我说："我今天就动笔记点东西，不动手动脚，能不能便宜点？"

姑娘说："行吧，就收你个最低价，五百块。"

我给她转了账后，向她询问老年嫖客的情况：岁数大的多不多，他们能坚持多久，和年轻人比会不会问题更多？

姑娘说："多啊，咋不多，其实我们都不爱接老年人的活，一个是形象上多少有点抗拒，再一个他们风险性高。"

我问："啥风险？"

姑娘说："'马上风'啊，前几天我听有个姐妹说，她经常去'营业'的 家酒店，有 个女孩在接待一个老头时，老头死她身上了。据说当时大小便就失禁了，全流到女孩身上了，特别恶心，这要是我赶上了，一辈子都得有心理阴影。"

我对这个死于"马上风"的大爷很感兴趣，问她能不能帮忙联系一下当事人。

姑娘收了我五百块钱，只唠了会儿嗑，可能也不太好意思，帮忙联系了自己的几个姐妹。

我听她分别和四个姑娘通完电话后，发现大家对这件事都是道听途说，没有一个当事人。

唯一一个可以确定的，是事发酒店的名字。

这个酒店在华平街和吉曲街中间，在一堆产业园附近，不是连锁酒店，而是叫××音乐酒店。

7月14日下午，我带着我的助手周庸，来到了这家酒店。酒店门口有几个人，正举着纸壳子的牌子蹲在路边，上面写着：杀人偿命，还我父亲。

我找了一个举牌子的，问他咋回事儿，他说不知道，自己是被雇来的，一天两百块钱。

周庸问谁雇的他，他说是个姓王的姑娘，具体叫啥他也不知道，对方交了一百块定金，说剩下一百块晚上八点过来结钱。

我跟周庸说："还有好几个小时呢，咱先别在这儿干耗了，先去酒店转转。"

这酒店不大，一共四层，前台有一个姑娘和一个小伙，周庸问那姑娘，外面什么情况。

两人贼谨慎，说不知道，老板没交代，问我俩是否开房。

我说来个标间吧。

酒店的电梯是按楼层刷卡的，每张卡只能到自己所在的楼层。

我和周庸的房间在二楼，我俩进去看了一眼之后，打算去其他楼层看看，只能走防火梯。

然后我俩发现了一件事——四楼的防火梯被锁住了。

一般是不会有这种情况的，因为酒店必须严格执行消防要求，防火梯不能锁死，否则会被罚款。

而且其他楼层的防火梯门都是透明玻璃，只有四层不一样，是个磨砂的门，根本看不清里面在做什么。

周庸说："徐哥，感觉不太对啊。"

我说："是有点，咱去楼下试试。"

我和周庸到了楼下，说二楼太低，感觉外面有点吵，能不能给换一个楼层高点的，最好是四楼。

前台的老妹儿说不成，最多只能换三楼，四楼已经住满了。

这有点不对劲，当天是星期五，确实是各家酒店的入住高峰，但我在这家酒店里没有看见多少人。

而且在携程、去哪儿网上订房的时候，显示房源很充足。

在不能选房间号的情况下，没理由四层的房间都没有了。

为了不让她起疑心，我和周庸同意换成三楼的房间，她打电话让人去查房，我说我去看看有没有东西落在房间里，让周庸在前台等着，自己上了二楼。

到了房间门口，一个推着车的保洁阿姨正在屋里检查，我假装检查了一下房间里的东西，然后和她搭话，问入住率咋样。

她不愿意回话，我又问了她几个问题，阿姨贼谨慎，根本没理我。

我没招，只能下楼，出门到走廊按电梯时，我回头看了一眼，给我吓一跳——打扫的阿姨在门口露着半张脸一直盯着我看。

到了一楼，前台女孩正在接电话，她嗯了几句，挂了电话，给我和周庸换了一个三楼的房间。

到了三楼，我问周庸："是不是我下电梯的时候，那女孩接的电话。"

周庸想了一下，说："好像是。"

我说："这酒店有点不对劲，咱俩都小心一点，有什么事儿发微信打字儿说，别用嘴。"

进了房间，周庸给我发微信，说：徐哥，这房间有点味儿啊，酸酸的。

我回他：这酒店的人感觉防备心都挺重的，肯定是有点啥事儿，你表现得自然点，在房间各处转转，看有没有偷拍或者监听的装备。

周庸回我：整这么费劲干啥，车里不是有信号探测器么，拿出来检测一下不就得了？

我说：别的，万一真有摄像头，咱俩一检测让人拍着，不更严防死守了吗？

周庸说也是，然后站起来，说："徐哥，我下午刚健身完，拉伸一下。"

然后他转着圈，在房间里几个最可能安装针孔摄像的地方——电视、插座、烟雾报警器、射灯处转悠着下腰和抬腿。

拉伸了十来分钟，周庸发微信给我，说：徐哥，真有，电视旁边插座的两个螺丝不一样，我怀疑是摄像头。

我假装去烧水喝，往水壶里倒矿泉水和插电的时候，仔细看了一下插座的螺丝——左边那个，应该就是摄像头。

我家有一模一样的，它比正常螺丝的颜色暗一些，更接近黑色。

周庸说："徐哥，六点多了，咱下楼找点东西吃吧。"

我说成。一起下了楼后，我从车里拿了一个便携式的信号屏蔽器，以及开锁工具，装在我的耐克书包里。

我和周庸在附近吃了碗牛肉拉面，回来的时候，差不多七点半，在楼下站着抽了两根烟。路边忽然停了辆奥迪A4，一个看起来三四十岁的大姐下了车，给那几个举牌的发钱。

我和周庸赶紧凑上去，问她这是怎么回事儿。

大姐听说我们是来采访的，贼热情，说自己叫王莉，这酒店是她姐王茉开的，用的是她俩父亲的钱——家里拆迁之后，姐俩她爸拿拆迁款买了这栋四层楼，她姐就拿来和男朋友开酒店了。

王莉对这事儿特别不忿，说："我姐特能讨好我爸，把这些东西都弄她手里去了。她怎么讨好我爸啊？说出来不要脸，不就是给我爸找姑娘么！那我爸怎么没的啊，说出来都丢人，我天天让人举牌在这儿告诉她，现在我爸没了，没人护着她了，我正在起诉她进行财产分割，这酒店她开不了多长时间了！"

原来她爸，就是死于"马上风"的那个大爷。

我和她又聊了一会儿，大姐反复谈论她姐咋不行，咋不是人，有用的话一句不说。

我只好强行结束话题，临走的时候，王莉还管周庸要微信，我说："你加一下吧，说不定咱后续还有事儿要问呢。"

回了房间以后，周庸问我接下来干啥，我说："等晚点没人儿再说，你要困就先睡一会儿。"

周庸说："睡不着啊，那大姐一直给我发微信，说这酒店的房子值多少钱，她能分一半啥的，然后她还有一套住宅，在马驹桥那边，还给我发房子照片。"

我说："这是跟你炫富呢，想包你啊这是！"

周庸说："唉，等完事儿我就把她删了。"

晚上十二点，我在被窝里把便携信号屏蔽器打开，手机的Wi-Fi和4G瞬间都不好使了，我把周庸叫起来，带上开锁的工具，说："走，咱俩上四楼。"

从防火梯上到四楼，我把锁打开，发现四楼走廊特别像学校的走廊，两边都挂满了学校里名人名言的那种版画。

我用手机的手电筒照了一下，所有画上都是同一个人——一个摊开手掌，手里有个海星的男性卡通形象。

周庸一惊一乍，说："真吓人。"

我说："你小点声，别再让人给发现了。"

我俩接着往前走，周庸的头忽然碰到个东西，说："我去，什么玩意。"

他拿手机往上一晃，隐约看见一个头和眼睛特别大的人，被挂在天花板上。

周庸吓得差点儿没坐地上，手机都掉了。

我拿手机照着看了一眼，上面是一个斯皮尔伯格执导的电影《ET》里那个外星人的玩偶——如果是白天看的话，四楼走廊一定富有童趣，不仅有许多卡通的画，棚上还挂着很多飞碟、火箭、外星人一类的玩具。

周庸说："徐哥，我咋感觉这么诡异呢。"

我还没说话，背后忽然有人问我俩："你俩是谁？"

这回连我都被吓了一跳，我转过去，一个大哥正站在一个房间的门口，半开着门看着我俩。

我说我是酒店客人。

大哥说："我是酒店老板，四楼就不对客人开放，你俩咋上来的？快点说，不然报警了。"

周庸说："不对啊，酒店老板不是王茉么？"

大哥说："我是她男朋友，你俩有啥事儿咋的？"

我说："其实我是王莉请来的记者，她说她爸死得有问题，让我过来调查一下。"

大哥说："不都告诉她好多回了么，她爸是自己跟人相亲出事儿了，咋还抓着不放呢。"

我问他什么相亲。

大哥告诉我，王莉王茉她爸在死之前，特别想找个伴，一直在用相亲软件相亲。

他死那天带一个姑娘来酒店开房，没想到死房间里了，这事儿跟王莉就说不清了。

我问大哥能不能给我看一眼老爷子的手机，要是确实有这个事儿我俩也好和王莉交待。

大哥考虑了一下,让我俩等会儿,进屋拿出个手机,给我们看了一眼,说:"就这个叫身边缘的相亲App,你俩要是感兴趣自己下一个,手机我不能给你。"

我又问了几句,大哥不愿多说,我和周庸只好回了楼下。

关了信号屏蔽器,我下载了一个身边缘App。这个软件App Store里还没有,只能从网页上下载,下载之后,我用手机号注册,填写了一份假资料后,App很快就给我推荐了几个离我比较近的姑娘,说是测算后性格相符的相亲对象。

这时候,我发现了这个App不同寻常的一个地方——和姑娘聊天不用花钱。

众所周知,市面上所有的交友软件,都会用各种各样的手段收费,但这个身边缘完全不用——它怎么赚钱呢?

怀着好奇心,我和一个姑娘聊了几句,并约她第二天见面,相亲。

第二天上午,我俩在利莱商业街的星巴克见面,是个挺好看的姑娘,挺年轻,我请她喝了杯抹茶星冰乐,聊了会儿天,姑娘忽然问我:"你信教么?"

我说:"我是泛神论者。"

姑娘懵了,说只听说过有神论者和无神论者,头一次听说泛神论者。

我给她解释了半个小时,说这是一种哲学观点,姑娘特别不耐烦,说:"你相信有世界末日么,到时候我们都会遭到惩罚,只有信神的人才能逃脱。"

姑娘说到这儿，我就知道她是干嘛的了——她是个邪教徒。

所有的邪教吸取新人，一般都是通过三个步骤：

1.找人：参加各种聚会，线上线下约人，与人建立关系，取得对方信任，并加以利诱和色诱；

2.铺路：利用人的弱点，进行洗脑攻势。先把他拽到集会里，对他欢迎和接纳，让他有归属感，再潜移默化地对他输出观点；

3.跟进：对洗脑不成功的人，进行威逼和抓把柄。比如将男女囚于一室，让他们彼此发生性关系，之后若不愿入教，他们就威胁要把这些丑事宣扬出去。他们用尽一切手段要人入教，甚至把人弄得家破人亡。

现在我就是走在了第一步上。

接下来的几天，我和周庸分别约了几个姑娘出来，发现她们都是来洗脑拽人入教的。

这个App完全就是利用美色勾引人入邪教的。

我忽然想起那天走廊上奇怪的挂画，外星人和飞碟。

我把那晚拍的照片找出来，用谷歌的图片检索功能搜了一下，发现了一个来自于德国的邪教——"Alaje from the Pleiades"（昴宿星人）。

这个邪教宣扬地球正处于黑暗力量统治之下，阿斯塔·谢兰是地球的守护者，所有人都应该信仰他。

这个邪教进入中国后，被魔改成了"银河联邦"，组织头目郑辉说自己是和阿斯塔·谢兰并列的守护者，并把两个人的照片P在了一起。

怪不得走廊上挂了那么多和外星相关的东西。

周庸报了警后,这个酒店很快就被查封了。

我们一直没见过面的王茉,是这个邪教组织的高层成员,她把整个酒店四层改成了邪教传道聚会的场所。

如果我继续和那天相亲的姑娘接触下去,估计过不了多久,她就要带我去那家酒店的四楼"开房"了。

除此之外,那个酒店房间里之所以有股酸味儿,还有摄像头,是因为王茉会把那些看起来像吸毒的住客,安排到那个房间里。

只要他们真的吸毒,就拍下证据,勒索钱财,并胁迫吸毒者加入邪教"银河联邦"。

王茉被捕后没多久,王莉发微信跟周庸倾诉,说她姐所有的钱财都被那个"男朋友"卷走了,现在人也找不着了。

警方调查她男朋友的时候,发现这个人所有身份信息都是假的,可能是个二十年前杀过人的在逃犯。

周庸赶紧把这个消息告诉我,说:"徐哥,那哥们那天,是不是故意利用咱俩揭穿自己女朋友,好卷钱自己跑啊?其实王茉她爸根本就没用过那个相亲App。"

我说:"我也想到了,要是王茉真帮她爸安排姑娘,也用不着那App啊。"

这事儿我俩以为就过去了,更多的秘密,需要王茉的男朋友被抓到后才能知道。

结果9月7日的中午,最开始我给转了五百块钱的那个失足姑娘联系我，说让老头死于"马上风"的那姑娘，拘留结束放出来了。

她们几个姐妹一起，给这姑娘接风了，期间喝多了，这姑娘说，是有人给她十五万块钱，让她故意去找这个老头包养自己的。

我给这个失足的姑娘转了一千块钱，求她带我们去见一下那个目睹老头出事儿的姑娘。

第二天上午，我们见面的时候，我吓唬这个整出事儿的姑娘，说要报警，让她告诉我是谁雇的她。

我让周庸管王莉要了王茉和她男朋友的照片，给这姑娘看。

她都说不是，然后点退出照片的时候，看见了王莉微信头像的照片。

姑娘说："就是她，雇我去和那老头睡觉，告诉我一定要'激烈'一点。"

等这姑娘走了，周庸和我去外边抽烟，问我说："徐哥，为啥啊？"

我说："我也只能猜，可能财产都在王莉她姐手里，如果她爸不死，她就迟迟拿不到这钱，心里没底儿，着急吧。正好赶上她爸心脏出了点毛病，她就雇了个姑娘。"

周庸点根烟，想了一会儿，说："妈的，全都不是什么好东西！"

夜行实录：床底的陌生人

WARNING
如何识别邪教

1. 看"教主"是否活着，活着肯定是邪教。
2. 如果所宣扬的内容违背伦理道德，吹嘘"教主"无所不能，具有各种神通，要求信徒舍弃一切追随"教主"，绝对服从的，是邪教。
3. 污蔑这个世界已经坏到极点，应当破坏并尽快离开它，到另外一个世界里去。
4. 教徒实行单线联系，使用"灵名""暗语"，聚会活动鬼鬼祟祟，并有人望风。
5. 鼓吹入教能治病、消灾避难的。
6. 宣传"世界末日"，只有加入才能得救的。
7. 欺骗、威逼妇女受教主凌辱的。
8. 说传统宗教过时了，要信新"神"的。
9. 用骗人的手段诱使他人加入的。
10. 加入后不让退出的。
11. 不择手段骗敛钱财的。

18

长租公寓爆雷后,
房东发现租房的女孩已经失踪了一个月

事件:租房女孩被精神控制事件
时间:2020年10月12日
信息来源:金醉
支出:2400元
收入:待售中
执行情况:完结

2020年10月12日，老金给我打电话，说有个事儿，让我去帮忙看一眼。

他有个朋友把房子租给了某家长租公寓，但这个月没收到对方打来的房租，客服也联系不上。

朋友上网一查，发现微博上好多人说长租公寓要爆雷，特担心，想找租户商量一下咋办，去敲门，屋里却一直没人来开门。

他最开始以为是租户不应声，自家房子又被公寓统一换了锁，就给对方留了张纸条，贴在门上，说没有让对方退房的意思，只是想问一下管家什么的联系方式，再看一眼他的合同，多收集一些证据，好找这家公寓维权。还把自己的电话留在了上面。

结果过了几天，都没人联系他，他去房子那里看，发现自己留的纸条还贴在门上，没摘下来。

这时候他有点犯寻思了，屋里的人到底是不想理他，还是屋里根本就没有人。

他越想越担心，于是找了老金，希望老金能帮忙去看一眼，老金这段时间忙，就联系了我。

我说："这都啥破事儿啊，你这是男性朋友还是女性朋友？"

老金说："男性朋友，按你们老家的说法，算是一个好大哥。"

我说："啊，我说你这段时间咋这么忙呢，要是小老妹儿估计你就有时间了。"

第二天上午，我叫上周庸，约了老金的好大哥赵克，一起去他的房子看看。

这栋房子在北坪广场附近，这边小区价格不低，除了特别老的，基本都在十几万一平。

所以虽然赵克的房子不大，只是四十多平的开间，每个月也能租6500元。

我们到地方上了楼，在1705的门上，发现赵克写的纸条，还在门上贴着。

我伸手摸了一把，已经落灰了。

让周庸拿猫眼反窥镜出来，我往里看了一眼，大白天的，屋里一片漆黑。

我最开始以为是有一只眼睛隔着猫眼和我对视，把光源堵住了。

后来发现不对，我打开手机的手电筒晃，对方也没挪开——应该是拿什么东西遮住了猫眼，或者屋里的遮光窗帘全都被拉上了。

我们下楼看了一眼，果然发现窗帘全拉着呢。

夜行实录：床底的陌生人

周庸说："什么情况？大白天把窗帘都拉着，还全是遮光窗帘，冬眠呢这是？"

我说在大城市，一般常年拉窗帘的有三种人。

第一种就是我这种，常年失眠，作息紊乱，白天在家睡觉；

第二种是失足服务业，隐藏在小区里的会所或者楼凤；

第三种是在家种大麻，怕被别人看见大麻或紫光灯的灯光。

这个房子才四十多平，还是个开间，用来做接客的买卖肯定不太方便，所以不是在家睡觉，就是种大麻。

赵克问我，要是租客真在屋里种大麻，他是否会有麻烦？

我让他别瞎想了，和他有什么关系。

现在的问题是，因为长租公寓爆雷，联系不上公寓的工作人员，我们不知道里面的租客是谁，甚至连几个人、是男是女都不知道。

我让周庸敲门问了问邻居，都说没注意过这屋住的是谁。

周庸问我现在咋办，我说我琢磨琢磨。

琢磨了一会儿，我问赵克，他这房子是什么时候租出去的？

他说是去年2月份签给××公寓的。我说那去物业看看吧，疫情期间租客应该住在这儿，那时候都要办出入证，估计得登记信息。

在赵克出示了房产证和身份证后，小区物业人员给我们看了登记的信息，是个叫王佳玉的姑娘，21岁，身份证和户籍信息也都齐全。

她当时只领了一张出入证，应该是独居。

王佳玉登记信息时留了电话，我打了几遍，都是无法接通。

为了确定这姑娘到底在没在屋里，我在走廊的电箱里，安了个针孔摄像，正对着1705的门。

在接下来的两天里，这个屋里既没人出来，也没人订过外卖什么的，屋里好像没有人。

但奇怪的是，这两天里，总共有四伙男人分别来敲过门，都没敲开。

这事儿有点不对，10月16日，我和赵克商量了一下，让他以户主的身份，拿着房产证找开锁公司来开门——我虽然也能开，但怕惹麻烦。

开锁公司的人把门打开后，赵克在门口和他结账，我和周庸打开手电筒，先进了屋里。

因为很久没通风，屋里很闷，有股味道，但还算整洁，周庸拉开窗帘后，屋里一下就亮了起来。

沙发上扔着一件外套，阳台的衣架上晾着内衣，屋里有零食啥的。

周庸忽然喊我，说："徐哥，快来洗手间。"

我说："咋的，你没带纸啊？"

他说："不是，你快点。"

我走进洗手间，周庸把灯和浴霸都打开了，整得洗手间里贼亮，他指着洗手池上的镜子，镜子里除了我和周庸的脸，上面还写了一个红色的"我"字。

周庸说："徐哥，这是血么？"

我凑近闻了一下，一股铁腥味儿，应该是血。

周庸问我："是不是出事儿了？"我说："不知道，还得再看看。"

绕着屋里转了几圈，我找到了十几板治疗睡眠障碍的管制药品思诺思的空盒，如果全满的话应该有五十粒。除此之外，比较奇怪的东西还有一副拐杖、一辆轮椅、一把带血的水果刀以及一袋子白色粉末。

我特意让赵克下楼问了下物业，物业的工作人员回忆说，办出入证的时候，没感觉王佳玉的腿有啥毛病。

周庸拿起那袋儿白色粉末，说："徐哥，这不能是毒品吧？"

我打开袋子检查了一下，白色的粉末很细，没有晶体。

用手蘸了点，放进嘴里尝了下，没有酸味儿，只有浓浓的苦味儿，肯定不是海洛因或者可卡因，也不是盐或者糖之类的常用香料。

我把烟盒里的纸抽出来包了点，说："可能得化验一下，才能知道是啥。"

现在这事儿越来越不对劲了，王佳玉人联系不上，拉杆箱什么的都在屋里，啥也没带走，电话一直打不通，屋里有一堆吃完的安眠药，还有很多莫名其妙的东西。

这姑娘应该是出事儿了。

以我的经验看，五十粒思诺思应该吃不死一个成年人，但问题是那堆白色的粉末到底是啥。我把烟盒纸里包着的粉末，送到了平江附近的一个检测中心，麻烦朋友帮忙化验一下白色粉末究竟是啥。

第二天下午，朋友给我回复，说是西布曲明。

西布曲明最早是用于治疗抑郁症的，但用着用着，人们发现这药能抑制食欲，减轻体重作用明显好于抗抑郁作用，所以很多减肥药里都添加了西布曲明。

但很多食用西布曲明减肥的人，都产生了血压升高、心率加快的副作用，更严重的甚至会肢体痉挛、思维异常、癫痫发作甚至中风死亡。

所以大部分国家很快就把西布曲明禁了，只有一些小作坊生产的无许可证减肥药，还在一直使用西布曲明。

周庸问我："王佳玉整这么多西布曲明干啥？"我说："不知道，只能接着调查了。"

在调查之前，我跟赵克聊了一下，他也怕自己的房子成为凶宅，同意出三万块钱，让我把这事儿搞清楚，并负担调查过程中产生的开销。

周庸问我说："徐哥，你一个叫外卖都不舍得买准时宝的人，为啥这次让人占便宜，就收这么点钱？"

我说："这不是老金的朋友么，再说了，这段时间也没别的活，赚点是点。"

拿到三万块后，我们先试图联系租房给王佳玉的中介，找当时带她看房的管家，看能不能得到更多的信息。

但不管怎么打客服电话，都没人接。我直接找到这家长租公寓的公司楼下，结果发现大门紧闭，一大堆人围在楼下试图维权。

这条路基本死了。

我和周庸商量了一下，决定调查我们安装摄像头的时候，来敲门的那几帮大哥。

10月19日中午，周庸从赵克那要来房子的新钥匙，我和周庸在屋里等着。

下午两点多，第一波人来了，他们刚敲门，周庸就把门打开了。

敲门的俩大哥估计没想到能有人开门，吓了一跳，问这是王佳玉家么？

周庸说对，让他俩进来聊。

他们问我俩是不是王佳玉的朋友，我说是，他们就开始拽着我俩询问，王佳玉去哪儿了，是否能联系上。

我让他俩先等会儿，问他俩是干啥的。大哥说，他俩是要债的，王佳玉在借贷平台借了钱，从第一笔开始就没还。

周庸奇怪，说："你们现在要债都这么文明了么，敲敲门没人就走了？"

大哥说不是，这段时间全国扫黑除恶，管得严，老板让他们一定文明要债。

我和周庸在王佳玉屋里待了一下午，总共来了三波要债的。

他们手里有王佳玉的照片，身份证号和工作地址什么的，我管他们要了一份。

周庸问我："王佳玉会不会被某个要债的带走了？"

我说："有可能，但概率不大，因为最近相关部门抓得严，他们不敢软禁别人。"

周庸说:"不是有佳丽贷什么的,就是那种借钱给女孩然后逼迫她们卖身还债的。"

我说:"这种逼迫女孩卖身还债的贷款,一般都会把钱借给长相中上的姑娘,看王佳玉的照片,说实话是个没那么好看的姑娘。"

周庸说:"这也太侮辱人了,什么社会啊,连借钱都看脸?"

我说:"快闭嘴吧你,就你没资格说这话。"

根据要债大哥提供的信息,我们去了趟远广,找到王佳玉上班的公司,前台的姑娘一听我们是来找王佳玉的,就说:"你们也是来要钱的吧?"

我说对,她说:"王佳玉已经一个多月没来上班了,谁也联系不上她,你们找也没用。"

我和周庸的线索完全断了,只能回到王佳玉的长租公寓里接着等要债的上门,看能不能找到其他线索。

但连等了两天,都没得到什么有用的线索,还差点和一伙要债的打起来。

我有点想放弃了。

10月21日晚上,我们从王佳玉的公寓里出来,发现物业在走廊里贴了张纸:

"近期很多住户都听到一个谣言,有人挨家挨户分发口罩,说是地方政府的新举措,并在口罩上添加迷药,将人迷倒后入户盗窃,还有人呼吁大家转发此事。物业经过调查,确定此事为谣言,请广大住户不信谣不传谣。"

周庸说:"徐哥,这不能是真的吧,王佳玉就是这么被拽走的?"

我说:"不知道,去物业问问。"

我俩到物业询问,发现这个谣言一开始是有人发到业主群里的,有好几个人都说自己也听说了。

周庸让物业把他拽到业主群里,加了第一个发这信息的人,以及几个说听说过的人,发现了一个事儿——这几个人都是年轻姑娘。

这其中肯定有点啥问题。

周庸总共加了六个女孩,有四个通过,周庸问方不方便见面聊聊,她们可能看了周庸发在朋友圈里的照片,纷纷同意。

他问清其中一个女孩住在哪栋后,我俩一起往那走,结果到了地方,发现门口有个老头正在叮咣敲门,让屋里的人出来。

我俩赶紧上去问咋回事儿,老头说自己是房主,这段时间没收到租金,现在要把房客撵走。

周庸一顿劝,老头才放狠话后走了。

等他走后,周庸给姑娘发微信,她再三确定房主已经离开后,才给我俩开了门。

一进屋看见装修,周庸就回头和我说:"徐哥,和王佳玉租的是同一家长租公寓。"

我俩进屋后,女孩给我们倒了两杯水。我们仨聊了聊长租公寓爆雷的事儿,然后问她从哪儿听说的有人在发带迷药的口罩,好入室抢劫。

她说听长租公寓的保洁阿姨说的——长租公寓一般都提供保洁服务，每周或每半个月上门打扫一次。

这姑娘还在阿姨的建议下，安装了门内的防盗链。

我们接着又和其他三个姑娘聊了聊，发现她们都被保洁阿姨撺掇着，通过她的渠道，安装了防盗链。

她们都是独居女性，租住在同一品牌的长租公寓，保洁阿姨都是同一个人。

周庸说："看来这阿姨生财有道啊，先编个谣言，再说服独居的姑娘们安装防盗链。"

更有意思的是——王佳玉家里，也安装了这样的防盗链。

因为长租公寓爆雷，保洁阿姨已经不上门服务了，我们说服其中一个姑娘，打电话给保洁阿姨，问能不能自己出钱，请她上门打扫。

阿姨同意了。

三个小时后，保洁阿姨敲门进了屋，我和周庸在她身后把门关上，说想问问三单元1705的事儿。

阿姨转身就想走，我俩拦住她，还把她撺掇安装的防盗链给拉上了。

她一听王佳玉住的房间号，反应就这么大，肯定有事儿。

我和周庸开始诈她，说要报警。

阿姨一下子哭了，让我俩别报警，说她愿意赔钱，她不是故意拿走王佳玉的电脑的。

夜行实录：床底的陌生人

一个月前，她上门做保洁，敲门发现没人开门，给王佳玉打电话也没人接，接着三次上门都没人，她知道肯定是没人在家。

因为之前来打扫时，王佳玉留给过她电子锁的密码，她输入后，挑开防盗链进去了，拿走了王佳玉的笔记本电脑。

我问她电脑在哪儿，她说已经卖了，卖到安亭北里的电子城了。

我和周庸赶紧带着她往电子城去，幸亏王佳玉的电脑还没卖，我俩花2000块钱赎回了王佳玉的MacBook Air。

打开王佳玉的电脑后，我整体检查了一遍，硬盘里啥也没有，我又接着检查她的网页浏览记录，发现她经常看一个以阿拉伯数字命名，国内特别出名的色情网站。

这个色情网站主要出售一些自拍和偷拍的视频，她一直浏览的网页，是一个叫"东少爷"的人发的视频。

我看了一下，这个人经常发一些自制不露脸的小视频，在有些视频的预览图里，我能看出来拍摄地点，正是王佳玉所租的长租公寓。

在这个视频里，还有一个男性。

这个叫"东少爷"的人留下了QQ号，可以加他购买所有完整版视频。

我先用撞库[①]的方法，查了一下这个QQ号，发现是来自于一个养号平台。

---

① 撞库，指通过收集互联网上已经泄露的用户及其密码信息，利用自动化工具，指登陆其他网站用以得到一系列可登录的账户。

全国大部分犯罪分子使用的QQ号，都来自于养号平台，他们通过号商，把QQ号绑定在手机卡上，根据这些号等级的不同，按不同价格卖给有需求的犯罪分子。

我没办法根据这种QQ号定位对方的位置，只好把房主赵克叫过来，让他报了警，并把我们知道的信息告诉了警方。

三天之后，赵克懵了，因为他儿子被抓了——他17岁的儿子就是"东少爷"。

一年半之前，赵克一家搬去了新房子，把这栋楼委托给了长租公寓。

长租公寓租出去后，赵克的儿子因为一个藏了黄片的U盘落在这栋房子里，回来找，正好遇见了刚搬过来的王佳玉。

两人还加了微信，因为他年纪小，王佳玉对他很信任。

他发现王佳玉经常在朋友圈感慨命不好什么的，就打听怎么回事，得知王佳玉从小在单亲家庭长大，性格有点孤僻，和人总聊不到一块儿去，经常感觉特别孤独。

他想起了学校里宣传不让参加的蓝鲸游戏，说通过那个能控制别人，就详细查了其中的方法，并诱使王佳玉每天对着镜子看，并通过一步一步的进阶游戏，对她进行洗脑。

让她自残，吞服不致死量的安眠药，再骗她说自己拯救了她。因为王佳玉长得不是那么漂亮，就拍不露脸的小视频在色情网站出售。

他让王佳玉服用西布曲明减肥，他甚至想让王佳玉去整容，并且做断腿增高的手术，这样拍视频就能露脸多赚点钱，为此他还提前买好了轮椅和拐杖，后来因为手术价格太贵了，才放弃这个想法。

只要他想，他随时可以控制王佳玉自杀。

他还让王佳玉在各个平台借钱给他花，直到有人找上门要钱，才在南关另租了个老校区的小房子给她住，并让王佳玉怀孕——因为他发现了一个新的赚钱手段：在网上把孩子卖给没有生育能力的人。

赵克知道这事儿后都崩溃了，把我叫出来要揍我，然后被周庸一脚踹倒了，坐在地上就哭。我和周庸没管他，去马忠路对面的酒吧喝了顿酒。

喝酒的时候，周庸问我说："徐哥，人真的会被另一个人完全从精神上控制么？"

我说："当然，你看看这个自杀游戏多有效，看看那些邪教领袖多有影响力就知道了。在这个世界上，最好骗的和最能骗人的，都是人。"

WARNING
如何识别邻居是否在家种大麻

1. 电量消耗得特别快。
2. 家里常年拉着窗帘。
3. 屋里隐约有紫色的光。
4. 窗台上有很多盆你不认识的植物。
5. 邻居身上有特殊的烟草味。
6. 出门时总是迅速关门。

19

有个小伙儿跟我撒谎，
我发现了他家邻居的秘密

事件：为给女儿报仇造枪虐猫事件
时间：2020年6月14日
信息来源：公众号后台留言
支出：479元
收入：待售中
执行情况：完结

夜行实录：床底的陌生人

2020年6月14日，有个微信名叫"猫之岛"的哥们儿，在我的公众号后台给我留言说：

浪哥，求求你回复一下，我快吓抽过去了。

这个月，我查了下电表，发现家里用了七百多度电，这不可能啊，正常一家三口每月也就三百来度。

我是个码农，平常都加班到十一点后才回家，最早到家时也得九点多。平时两点前我就睡觉，家里一整天除了个冰箱，啥也不开，所以我就怀疑，是不是邻居家偷电了。

然后我想起来，之前看你写过一个叫"隔墙听"的东西，我就上网买了一个，邮到公司，打算听听邻居聊啥，搜集一下他们偷电的证据。

前天晚上十点多吧，我下了班，把"隔墙听"拆开，研究了一下说明书，整明白咋回事儿，就把它打开，把耳机戴上，

19 _ 有个小伙儿跟我撒谎，我发现了他家邻居的秘密

探头贴在了卧室墙上挨着隔壁那面。

我听见沙沙的声音，好像有什么东西在摩擦着墙，有个男的小声说：没声儿了，可能是睡觉了，咱接着整吧。

然后我就听见滋啦滋啦的声音，不是电流声，是那种拿锯齿锯东西的声音。

我才反应过来，刚才邻居是整个人贴在墙上，听我家的声音呢。

你说，他们是不是白天偷我电，在家分尸呢？晚上就等我睡觉悄悄地整。快救救我吧浪哥，我都不知道咋办了。

"猫之岛"真名叫孙宇，我加了他的微信号后，先问清他的姓名、身份证号和住址，通过撞库之类的方式交叉查询，确定真有这么个人，不是有人在和我闹着玩后，我问他为啥不报警？

孙宇说："不敢啊，毕竟是邻居，万一是我整错了呢，那邻居之间还能处么，不得给我穿小鞋儿啊？浪哥你就教教我吧，现在应该咋整。"

我说："你冰箱里东西多么？"

他说："不多，我从来也不开火，就几瓶水。"

我说："那咱这样，明天上班之前，你把包括冰箱在内的所有电器全都关上，一点电都不费，然后记录一下电表的数字，晚上回来看电表走没走，就知道有没有人在偷电了。"

孙宇说行。晚上十点多，他发了电表的照片给我，说："浪哥，多走了三十来度，肯定不对劲儿吧。"

我说："不太对，你在家空调开到最大也用不了这么多。你这样，打供电局电话，95598，就说怀疑有人偷电，让他们派人来查一下，看看线路有没有问题。"

孙宇按我说的给供电局打了电话。第二天上午十点多，供电局的人就来了，检查了半小时，说电表没啥毛病啊，没有外接线什么的。

等供电局的人走了孙宇给我发微信，说不对劲，肯定是他昨天两次检查电表，被邻居发现了。

我这时候有点怀疑，孙宇有精神问题，因为被迫害妄想症和精神分裂，最直接的表现就是觉得邻居在议论、监听并陷害自己。

网上经常有些人讨论自己被邻居陷害，比如故意制造噪音不让自己睡觉，其实都是精神分裂产生的幻听。

我决定和他见面聊聊，看看孙宇这人是否正常。

6月16日上午十一点，我叫上我的助手周庸，和孙宇在中山路的港式点心店见面，点了酥皮山楂叉烧包什么的，要了壶菊花茶。

那天是星期二，孙宇是请假来的，来晚了，我和周庸等了他半小时。

这哥们儿到了一直道歉，并坚持把单买了。

我中间一直在观察他，还问了点问题，感觉他逻辑挺清晰的，也没什么小动作和反常的话语和行为，精神状态应该还行，如果有精神病，肯定也是间歇性的。

所以我决定去他家看看他说的是否属实，邻居家是不是真的在分尸啥的。

19 _ 有个小伙儿跟我撒谎，我发现了他家邻居的秘密

孙宇家住在远广一个比较老的小区，我们到他家的时候是下午四点多，我看了一下他买的隔墙听，是水管工专用的那种，其实是用来听管道漏水的。

我跟孙宇来到卧室，床头的那面墙是挨着邻居的，我把隔墙听的探头放到墙上，戴上耳机，听见了屋里面叮叮当当的声音——确实像孙宇所说，还有滋啦滋啦的钢锯声音，偶尔有电钻声。

屋里的声音持续了大概两个小时，有个女的说："闺女快放学了，东西收一收我去做饭了。"

男的说行。

我让周庸去走廊等着，快七点的时候，一个穿着附近某初中校服的女孩出了电梯，看了周庸几眼，进了1205室——孙宇的邻居家里。

孙宇说："咋样，我没瞎说吧，他们是不是在分尸？"

我说："不像啊，要是分尸的话，除非一直在锯骨头，否则发不出这种声音，而且我去走廊转的时候，也没闻到什么怪味儿啊。"

周庸说："是不是把尸体放冰箱里冻硬了，所以没味道，锯的时候声音也特别大？"

我说："一般能把尸体放冰箱里，就不用锯了，直接抛尸就行了，但也不排除他家有个大冰柜。"

这时候，正好邻居的小姑娘开始和父母吵架。

我拿网络电话报了警，怕他们找孙宇麻烦，就没说是隔壁，说是楼下的邻居，听见1205的父母和孩子吵架吵得很厉害，还动了

手,好像打挺狠的,然后和周庸一起,跑到门口等着。

过了二十来分钟,有民警上来敲门,我和周庸假装好奇,打开门看,1205门口站着一个大姐,正在和警察说:"就是说了孩子两句,没动手。"

小姑娘也说没吵架。

警察看了眼真没事儿,就准备要走,这时候我开门出来,假装好奇,往他家屋里面看了几眼,发现收拾得很干净,也没看见什么可疑物品,也没有大冰柜。

然后我就按电梯下楼了。

在小区里抽了会儿烟,周庸说上面完事儿了,我又上了楼,一直等到凌晨一点,邻居家没什么声儿了,我上楼给孙宇换了个测动态的电子猫眼。

这样只要他家一出来人,我就能在手机上看见。

我和周庸决定在这儿蹲两天,看他们会不会出门抛尸什么的。

第二天早上,这家的小姑娘六点多就出门上学了。九点多,她爸也出门了,背了个黑包,上了一辆停在路边的科鲁兹,开车走了。

我和周庸开着他的沃尔沃XC60跟了上去,顺着西郊路,一直跟到了窦家庄附近,周围有一些4S店和新开发的楼,人特别少。

他在一个没监控的地方停下车,我和周庸不好直接挨着他,又往前走了一段,拐进小树林里,在车里拿望远镜看他。

这大哥左右看看没人,把车牌换了。过了一会儿,来了一台宝马X5,下来个戴帽子的男的,大哥从包里拿出一个长条型的黑塑料袋，递给了他，对方掏出一沓现金给了大哥。

大哥数了数钱，然后上车走了。

周庸问我跟着谁，我说先跟着大哥，看看他接没接触别人。

周庸说："徐哥，他俩是不是没干啥好事儿？"

我说："肯定的，谁干好事儿又换车牌儿又收现金的。"

大哥没再见别人，在附近一个新小区的售楼处门口停下，下车的时候，脑袋上戴了一个摩托头盔，进了售楼处。

周庸说："擦，这大热天的，戴这玩意干啥。"

我说："估计大哥要买楼，进去问价了。"

周庸问："买楼为啥要戴头盔？"

我说因为开发商把新房卖给楼主主要靠两种方式：一是通过中介卖的；二是楼主自己来的。为了让中介多卖点，开发商有时会给他们很大的折扣，但为了防止他们从自己来看楼的人里拉客户，一般会在楼盘的销售处放人脸识别系统，只要你被拍到了，就会被算作自己来看楼的，无法享受中介提供的折扣了。

所以很多人为了防止被售楼处的人脸识别系统拍到，买房买贵了，都会戴个头盔去看房，再和中介给的价格对比，看咋买便宜。

周庸说："就不能直接都给折扣么，有病么这不是。"

大哥在售楼处待了有二十分钟，周庸下车进去看了一眼，大哥确实一直在咨询买楼的事儿，还绕着沙盘看了好几圈。

然后他就开车回了家，我俩一直跟到孙宇住的小区，周庸问我现在咋整。

我说等稍微晚点，去大哥车里看看能不能有啥线索。

因为有点饿了，我俩去附近的老冯羊蝎子吃了口饭，他家虽然是专卖羊蝎子的，但最好吃的是馕坑烤鸡翅，也不知道为啥。

凌晨一点多，路上和小区楼下基本没人了，我拿好开锁工具，正准备下车，去大哥车里看看。周庸突然拽住我，说："徐哥，先别动，那边来了个人。"

从道南边走过来一个戴着口罩的哥们儿，一直拿着手机，然后四处看，好像在找什么东西。

最后他来到大哥挂着假牌照的车前，绕着车摸了一圈，然后扭头就跑了。

我和周庸赶紧下车看了一眼，发现大哥的科鲁兹整个车被某种金属制品划了一圈划痕。

周庸说："这也太缺德了，咱还查大哥的车么？"

我说："查个鬼，本来咱俩看看不会被发现，现在被划了一圈，大哥肯定调监控啊，到时候咱俩不就成小偷了么。"

周庸说："也是，但道边儿停这么多台车，为啥他就划大哥这台呢？"

我说不知道。

周庸问我接下来咋整，我说跟孙宇商量一下，以邻居的名义，去他家看一眼。

我和孙宇商量了一下，说以邻居的名义，一起去敲门，就说他家太吵了。

为了和和气气，周庸还买了点水果让我们拎着去敲了门。隔壁的大哥大姐都在家，我把水果递过去，说是隔壁的邻居，有点事儿，方不方便进去聊聊。

大姐不太好意思，说："你俩进来吧。"

我和孙宇坐在大哥家的沙发上，趁孙宇和他俩说，晚上稍微有点吵，自己神经衰弱，能不能小点声的时候，我四处看了一眼，看见茶几上有一把匕首。

这把匕首我印象特别深，因为我曾经在国外上手过一次。叫WASP还是什么玩意，是种潜水刀，刀柄上有个按钮，里面是一个高度压缩的空气罐，只要摁下去，超高压的空气流就会瞬间顺着刀身内的细管道喷出，扩大伤口，别说杀人了，杀熊只要扎对地方，都是一刀死。

在近身的情况下，比枪还好使，正常人绝对不会没事儿在家里放个这玩意。

大哥肯定是有点啥事儿。

我站起来想上厕所，问能不能借用一下卫生间，大哥说："不行，你回自己家上呗。"

我也不能说不尿了，只好和孙宇一起回去，大姐挺客气，把我俩送到门口，说："你俩别在意，我爱人脑子有点问题，间歇性精神病，一直在看大夫，快两年了。"

回到孙宇家，周庸问我有啥收获，我说没有，除了越来越觉得这家人不正常，没啥太大的发现。

周庸问我咋整，还继续么。

我说继续，但就是接下来的事儿，可能有点恶心。

周庸问我啥事儿，我说，翻垃圾。

接下来的一天，我俩一直在等着他们家扔垃圾。6月19日，大姐终于下楼到小区的垃圾点扔了袋垃圾，我和周庸戴好手套，等她一进单元就冲了过去，拎出她刚才扔的垃圾袋，打开就开始翻。

旁边路过的哥们儿都看懵了，不停地回头瞅我俩。

周庸干呕着往外拿，我在旁边一个一个检查，除了正常的厨余垃圾，我还翻出了一个正面彩色的小盒，上面写着：准备起飞。

我说："我去。"

周庸说："徐哥，不管你看到什么恶心的东西，千万别告诉我，我真要吐了。"

我说："不是，是荷兰来的蘑菇孢子。"

周庸问我："是能致幻那种么？"

我说："对，就是吃了很开心，会产生幻觉的，但在国内算是毒品。"

周庸问我，有这个是不是就可以报警了。

我说对。

我俩商量了一下，决定把这个盒拿到孙宇家，报警说在大哥家门口捡到的，大哥吸毒，警察一翻他家，如果有别的东西，也就都暴露出来了。

等我俩商量好上了楼，准备让孙宇来干这件事儿时，大哥家门口已经有了一个警察，正在跟大姐说，需要她跟着去派出所立案。

我问怎么回事儿，大姐说："我爱人可能精神病犯了，失踪了，一天半没回家，联系不上。"

大姐说了几句，就跟着警察去派出所做笔录立案了。

19 _ 有个小伙儿跟我撒谎,我发现了他家邻居的秘密

周庸忽然说了一句:"诶,徐哥,他家现在是不是没人了?"

我下楼去车里取了开锁工具,开门进了他家后,发现主卧的门被锁着。

我又打开主卧的门进去,发现里面就像一个小型的工厂,地上摆着电焊机、电钻、砂轮、钢锯、大小钢锉、铁皮、弹簧、气罐,一大堆乱七八糟的东西。

周庸问我这是啥,我告诉他,是造枪工具。

造枪并非完全自造,而是组装性质。制枪的关键零部件,比如枪管、套筒、弹夹等都是从外部输入。

造枪的人把这些零部件打磨焊接,熔在模具内浇成枪柄外壳,进行组装后,就可以出售了,从地上的气罐来看,他们做的应该是气枪。

这就解释得通了,因为造枪需要使用很多高功率电器,怕用电异常引起怀疑,所以他们才盗邻居的电用。

周庸说要报警,我说再等一等,大哥还"失踪"呢,如果现在报警,说不定就跑了。

6月21日晚上八点,大姐把女儿留在家,一个人出了门,开着那辆被划了一圈的科鲁兹。

她在安溪桥附近,接上了大哥,一直往城外开。

我和周庸跟着他们到了北郊环外的一个仓库,仓库里灯全开着,特别亮,有很多人。

大哥大姐停下车后,从车里抱出了几把气枪,进了仓库,一个手里拿着镰刀的人,把他们迎了进去,拉上了仓库门。

我俩看门口没人，下了车，步行接近仓库，走到大哥大姐停车的地方时，周庸忽然说："什么味儿啊？"

一股臭味儿从大哥大姐的车里蔓延而来，我顺着味找了一下，让周庸回去取开锁工具，打开了大哥科鲁兹的后备箱。

一个死人躺在里面，胸口上有个大洞，应该是那把WASP匕首干的，尸体已经发臭了。

周庸干呕了两下，说："徐哥，你看这是不是那天划车那哥们儿？"

我说："好像真是，你在这儿报警，我去仓库那看看。"

仓库的大门一般都不算特别严，我走过去，扒着门缝往里面看，仓库里面有很多油桶，一群各种各样的猫正在上面和旁边跳来跳去，仓库里有二十几个人，有的拿气枪在射猫，有的拿刀、锤子等工具在追着打，还有人在拍摄。

仓库里都是猫的惨叫声，地上都是血，虐猫的人在笑、喊和击掌。

这是我最盼望警察赶紧来的一次。

两个小时后，我和周庸从派出所做完笔录出来，仓库里的人都被拘留了，因为要搞清都有谁涉嫌私藏、贩卖枪支和杀人了。

看到这儿，大家是不是有点懵？这到底是个什么案子？其实我也没想明白，我大概只想到他们是卖枪给虐猫团伙赚钱的。而得知整个事情的真相，是一个多月后，周庸当警察的表姐告诉我的。

那对大哥大姐的女儿，在之前的学校被男同学猥亵了，产生了很严重的精神问题，还学会了一种日本传过来的自虐游戏，叫人体刺绣。就是拿着针，穿上线，往自己肉上缝，整得一身伤口，还感染了，差点儿没死了。

大哥一直想报仇，把那男孩弄死，但又怕闺女没人照顾，所以打算先赚点钱，够妻女生活，再干这事儿。

正好大哥是个枪支爱好者，就做起了气枪，在网上出售。

在卖枪过程中，他认识了一个虐猫的，虐猫的跟他说，卖这种虐猫的视频很赚钱，卖给一个人，每分钟就能卖到十块钱，多卖多赚，很多人都爱看。

于是大哥为了赚钱，不仅卖枪，还开始拍上了虐猫视频。

他想好了，自己家已经有一套房子，赚钱再给女儿买一套房子，一套租出去，一套给女儿住，即使自己把猥亵她的人杀了，进去了，女儿也能正常生活，自给自足。

但他也不想被判死刑，所以这两年一直在买致幻的蘑菇，吃完就去精神病院看病，装精神病，等到杀人后，说不定能逃过一劫。

他为什么不吸冰毒呢？因为很多吸冰毒的人，经常会以犯毒瘾的方式表演，假装自己有精神病，以逃脱去戒毒所强制戒毒，大夫一眼就能看出来。

而这个蘑菇在国内不常见，反应也和精神损伤很像——为了演得真，他还隔一段时间就失踪一下，让老婆去报警，各个维度伪造自己是精神病的证据。

那台科鲁兹是他租的，为了方便和人交易枪支，没想到租车的公司是个黑公司，为了不还他押金，半夜根据GPS定位找上门来把车划了。

他去跟人讲理,对方不讲理,他就把划车的那个人杀了——因为他买房的钱攒够了,准备去报仇了,不在乎再多杀一个。

周庸给我转述之后,说:"徐哥,我还有一个事儿没想明白,我姐跟我说,那大哥没偷电,用的是自己家的电。"

我说这事儿我发现了,我第一天去看电表的时候就觉得不对劲,但没往深想。

周庸问我啥意思。

我说:"你想想,孙宇啥工作?"

周庸说:"程序员啊。"

我说:"对,他有没有能力入侵邻居家路由器,看见对方拍的虐猫视频?"

周庸说有可能。

我问:"他微信名叫啥?"

周庸说:"'猫之岛'啊。啊,我明白了,原来是这么回事儿啊。我去,丫的是不是利用咱呢?"

我说:"估计是。作为一个爱猫人士,孙宇一直知道他们在干什么,但国内没有动物保护法,所以这帮人得不到惩罚。于是他伪造了被邻居偷电的假象,找我过来调查,看能不能查出点他家其他的事儿,让他们在其他方面付出代价。没想到还真有。"

周庸点上烟抽了一口,说:"他为啥不能直说呢?"

我说:"怕咱不管吧。"

没事儿,别伤心,这个世界一定是比我们眼睛看见的污秽得多,看见了尽自己能力管一管,没看见的也不要往深了想。

WARNING
怀疑邻居偷电怎么办

1. 可以查一下电线，如果有人偷电，那么必然得有电线接到你家电表的"出线"上。你如果发现有"来历不明"的线接过来了，那就可能是有人偷电了。
2. 关闭自家所有的用电器，然后看看电表。假如电表还在走，那基本可以断定有人偷电。
3. 确定有人偷电，搜集相关证据，例如照片、视频、电费账单等。
4. 掌握证据后请物业和供电公司派工作人员排查。
5. 排查出偷电对象后进行协商，协商不成可拨打110报警。

魔宙

魔宙 讲好故事